LIVRO 1 DA SÉRIE

Noivas em Fuga

Eu estou VIVA

Um romance da autora de *Das Fitas Vermelhas*

AMANDA BENTO

LIVRO DEDICADO AO PÚBLICO ADULTO

Eu estou viva

AMANDA BENTO

Copyright © 2023 by Editora Letramento
Copyright © 2023 by Amanda Bento

Diretor Editorial Gustavo Abreu
Diretor Administrativo Júnior Gaudereto
Diretor Financeiro Cláudio Macedo
Logística Daniel Abreu e Vinícius Santiago
Comunicação e Marketing Carol Pires
Assistente Editorial Matteos Moreno e Maria Eduarda Paixão
Designer Editorial Gustavo Zeferino e Luís Otávio Ferreira
Capa Laura Machado
Diagramação Renata Oliveira
Revisão Ana Isabel Vaz e Camila A. Santos

Todos os direitos reservados. Não é permitida a reprodução desta obra sem aprovação do Grupo Editorial Letramento.

Dados Internacionais de Catalogação na Publicação (CIP)
Bibliotecária Juliana da Silva Mauro - CRB6/3684

B478e	Bento, Amanda
	Eu estou viva : série noivas em fuga / Amanda Bento. - Belo Horizonte : Letramento, 2023.
	128 p. ; 14cm x 21 cm. - (Temporada)
	ISBN 978-65-5932-360-9
	1. Romance contemporâneo. 2. Comédia romântica. 3. Strangers to lovers. 4. Noiva em fuga. I. Título. II. Série.
	CDU: 82-31(81)
	CDD: 869.93

Índices para catálogo sistemático:
1. Ficção - Romances 82-31(81)
2. Literatura brasileira - Romance 869.93

LETRAMENTO EDITORA E LIVRARIA
Caixa Postal 3242 – CEP 30.130-972
r. José Maria Rosemburg, n. 75, b. Ouro Preto
CEP 31.340-080 – Belo Horizonte / MG
Telefone 31 3327-5771

É O SELO DE NOVOS AUTORES
DO GRUPO EDITORIAL LETRAMENTO

NOTA DA AUTORA

Montei uma playlist com músicas que te levarão para Roma junto com os personagens. Ouça aqui enquanto lê:

https://open.spotify.com/
playlist/1KadAGZF2iug9Lxzox9LxF?si=Jpl2P53_SGutoyMrgm_tjw

Se quiser enriquecer a estética, venha conhecer o álbum do pinterest

https://br.pinterest.com/bentomands/eu-estou-viva/

À *presto, e benvenuta a Roma!*

Para minhas amigas e para quem precisa de um recomeço.

*Como vimos, para a realidade humana, ser é escolher-se: nada lhe vem de fora, tampouco de dentro, que ele possa receber ou aceitar. Está inteiramente abandonado, sem qualquer ajuda de nenhuma espécie, à **insustentável necessidade de fazer-se até o mínimo detalhe.***

Assim, a liberdade não é um ser: é o ser do homem, ou seja, ser nada do ser. Se começássemos por conceber o homem como algo pleno, seria absurdo procurar nele depois momentos ou regiões psíquicas em que fosse livre: daria no mesmo buscar o vazio em um recipiente que previamente preenchemos a borda.

O homem não poderia ser ora livre, ora escravo: é inteiramente e sempre livre, ou não o é.

O existencialismo é um humanismo - Jean-Paul Sartre, p. 197

5	NOTA DA AUTORA	81	MONTE TESTACCIO
15	PRÓLOGO	89	TRASTEVERE 4
17	CAMPIDOGLIO 2	95	MONTECITORIO
27	CAMPIDOGLIO 3	101	TOR DI QUINTO
37	TRASTEVERE	107	CAMPIDOGLIO 4
45	TRASTEVERE 2	113	EPÍLOGO
63	TRASTEVERE 3	125	AGRADECIMENTOS
73	PICCOLO AVENTINO		

Quando il vento della notte,
Lascia il posto all'aria chiara,
Molto mondo dorme ancora,
Io sono vivo.
Quando il sole del mattino,
Fruga I tetti piano piano,
Pettinando la città,
Io sono vivo.
Pooh - Io Sono Vivo

Quando o vento da noite
Deixa o lugar com ar limpo
Muitos dormem ainda
Eu estou vivo.
Quando o sol da manhã
Toca os tetos devagarinho,
Penteando a cidade,
Eu estou vivo

PRÓLOGO

Basilica di Santa Maria in Aracoeli, Campidoglio, Roma.
Maio de 2023
9:52 a.m.

— Meu nome é Dionigi di Laurentis, não tem outro em Roma! — Ele suspirou. — E eu não liguei para desmarcar meu ensaio aqui hoje.

— Cara, você está *gritando* com o padre, vai devagar.

Dois homens, um deles muito nervoso e outro muito calmo, eram cobertos tanto de tatuagens quanto de roupas da melhor *haute couture* de Roma: sapatos Gucci de tiras verdes e vermelhas e ternos de corte italiano tradicional.

O homem que reclamava a plenos pulmões não usava camisa por baixo do blazer e falava tão alto que a voz ecoava pela igreja onde estavam. Duas idosas que acendiam as velas no altar olharam para eles com desconfiança.

— Não tem erro aqui, padre Cherisi, eu marquei a porra do meu ensaio hoje às 11 horas. Aqui na igreja, ainda especifiquei que iria usar *a nave*.[1] — Disse o mais alterado, após buscar um pouco de ar em outro suspiro cansado.

O padre, em uma típica indiferença cânone, olhou para o papel que trazia nas mãos e depois para o jovem modelo.

— Eu sei qual é seu nome, você já o gritou duas vezes dentro da Basílica. Mas acontece que não está aqui nos agendamentos do dia. Sinto muito, filho, não tenho como ajudar. Não foi registrado o seu pedido de aluguel da igreja para um ensaio fotográfico…

---

1 Parte estrutural de uma igreja onde fica o centro do altar.

— Me dê isso! — Dionigi apanhou o papel num puxão. — Um casamento às 11h. Quem casa numa *porra* de uma quinta-feira de manhã?!

— Cara, fala mais baixo, as freiras estão rezando a liturgia. — O amigo segurou o ombro de Dionigi. — Sério, vamos embora.

— Eu depositei com antecedência 200 euros para vocês fazerem *isso* comigo? Eu só preciso que me liberem um espaço aqui para a equipe de fotos que eu contratei. Foi a minha grana toda nessa merda!

— Eu já te falei que não temos como devolver qualquer valor. E agradecemos por depositar antes, mas não fazemos devoluções, tudo é considerado como doação para a igreja. — O padre cingiu as mãos, como se a pose fosse capaz de aumentar a verdade. — De todo modo, o casal que unirá seu sim a Deus alugou *toda* a igreja nesse horário.

— Meu dinheiro não é doação nenhuma! Eu paguei para tirar fotos aqui, não estou nem aí para essa cruz ou qualquer um que queira casar debaixo dela, você me entendeu? — Dionigi apontou para a cruz que ficava no teto. — Eu te paguei para ter um ensaio de fotos *aqui*. Hoje. Às 11h. Estamos falando de negócios.

— O aluguel do espaço da basílica é revertido como doação para nossas obras, não há retorno. E o casal tem prioridade. Sinto muito.

— Dio, *cara*, só vamos embora. Não tem como insistir. — O amigo pediu, puxando-o.

Dionigi olhou longamente para o nome "Simona Martaci e Túlio Benevento" na frente do espaço "11 horas" no papel que o padre entregou.

— Vocês são uns merdas. Sempre foram. — Dionigi amassou o papel e o jogou no chão. — E que essa porra de casamento idiota não dure nem dois segundos. — Assim, deu as costas para o padre.

O amigo pegou o papel do chão, desamassou e pediu desculpas para o padre enquanto o outro já estava do lado de fora.

CAMPIDOGLIO 2

10:49 a.m.

Simona Martaci estava vestida de noiva no banco de trás de um Alfa Romeo Giulietta Spider com a capota fechada. O carro era alugado e o motorista não trocou nem uma palavra com ela.

Na tela do seu celular, ela discou outra vez para sua mãe, com o código de área do Sri Lanka.

— *Querida, está me ouvindo agora?*

— Mamãe, eu não quero mais.

Houve um ruído de água do outro lado, a ligação chiava muito pelo barulho do vento.

— *De novo, piccola? Eu queria muito estar aí, perdoe a* mamma.

— Tudo bem.

Simona olhou para cima. Não queria manchar o rosto de rímel derretido.

— *Se não quer, não se case!*

— *Mamma!*

— *O quê? É verdade! Simona, minha filha, acorde! Olhe como você está desanimada nas vésperas do seu casamento... Era para estar chorando de alegria.*

— Não é isso que você tem que me falar nessa hora!

— *Estou te falando a verdade! Você está há dias reclamando e dizendo que não quer se casar. Então não se case!*

Simona ficou calada.

— *Sabe,* minha filha, *o casamento é lindo. Tem seus altos e baixos, mas é uma união bonita. Esse é um dos dias mais felizes que você terá na vida. Ou era para ser assim.*

— *Mamma,* você se divorciou.

— *Após dezessete anos amando seu pai. Tive meus motivos, mas não deixei de amá-lo e gostar da companhia dele.* — Simona ouvia a mãe e uma lágrima escapou de vez, um choro que vinha segurando há dias. — *Se com ele, que foi um homem incrível, já foi difícil, não sei como seria com um homem a quem eu não amasse. Muito menos um almofadinha como Túlio.*

— Eu amo o Túlio.

— *Ama mesmo?*

— Nos conhecemos há tantos anos. Ele tirou minha virgindade, é claro que eu o amo! — Simona falava como se fosse a coisa mais racional do mundo se casar com o homem com quem transou pela primeira vez. — Ele é gentil, respeita minha carreira e será um ótimo pai.

— *Ele está fazendo o mínimo. O que mais ele fez pra você além disso?*

Simona se calou. O carro rumava para o Monte Capitolino e surgiam, aos poucos, as colinas da cidadela romana clássica com seus edifícios pardos e laranjas, fontes de mármore esculpido e turistas fotografando tudo o que era possível de ser captado pelo celular. Ali começavam as divisões dos bairros onde o tempo passava mais devagar, onde a história podia ser tocada, cheirada e até mijada e infestada de camisinhas usadas.

Para Simona, aquela era a melhor parte da capital, mas, naquele momento, ela não se sentiu feliz de estar ali.

— *Cara mia, escute seu coração pelo menos uma vez na sua vida.*

Antes de responder, Simona olhou para a tela do celular e viu outra ligação. Despediu-se da mãe com pressa, tentando não pensar no que acabou de ouvir dela.

— *Onde você está?* — Era uma voz feminina.

— Estou chegando. — Simona respondeu ao reconhecer o tom autoritário.

— *Não, não e não! Você está fazendo tudo errado! Não é para você chegar agora! É só depois das 11h30! A noiva chegar antes do noivo dá má sorte.*

— Ei, motorista, tem como dar mais uma volta antes de me deixar?

— Não, madame, meu horário está marcado para te buscar às 10h30 e deixá-la às 11h na porta da Ara Coeli.

Simona respirou fundo.

— Eu vou chegar agora. Sinto muito. — Simona desligou e viu que a ligação era do número que salvou como "Cerimonialista Irritada". — Não é como se eu quisesse que esse casório desse certo, não é? — Disse, afinal, para si mesma.

— Chegamos em cinco minutos. — O motorista a fitou pelo retrovisor.

— Assim disse Caronte[2]. — Simona suspirou.

Simona desceu do carro e vários desconhecidos no sopé da escada da Basílica encararam seu vestido branco justo e a tiara de diamantes falsos que optou em usar em vez do véu. Seu couro cabeludo coçava e ela se arrependia de ter feito um alisamento às pressas.

— Uma noiva! Que linda! — Ouviu algum turista falar em inglês. — *Beautiful!*

Entre *scusas, buongiornos* e a recusa ao pedido de dois turistas para tirar uma foto no meio da escada, ela subiu a escadaria levantando o vestido acima das canelas para não piorar aquele dia levando um tombo.

As dezenas de degraus a deixaram exausta quando chegou à porta da igreja, no cume da escadaria. Ela se apoiou

---

2 Caronte é o barqueiro de Hades, que leva as almas para o submundo.

na balaustrada do pátio de entrada para respirar por alguns segundos.

A vista dali era estonteante sob o azul claro e limpo da manhã: a Roma antiga e a nova se cruzavam em vias estreitas de carros coloridos e mesinhas com guarda-sóis laranjas tampavam as pessoas que se espalhavam pelas praças. O verde dos parques históricos reservados conflitava com o asfalto e a ponta dos edifícios comerciais escuros aos arredores do centro antigo.

Tudo naquela vista era capaz de sintetizar o conflito entre a história e a tecnologia, mas ainda dando um sabor indecifrável de impermanência, de pressa e de cotidiano. Ainda, era como se tudo aquilo amarelado e esquecido já fosse um presente e um futuro de uma outra era.

Era tudo isso que Simona pensava enquanto observava a paisagem. Qualquer linha de pensamento derivativo parecia mais justa do que se lembrar de que aquele era o dia do seu casamento.

Alguém se aproximou e a segurou pelo braço, interrompendo a contemplação.

— Você deve estar fora de si! — Era a cerimonialista e sua voz insuportável. — Vai arruinar tudo chegando mais cedo! Vá, esconda-se!

— Me *esconder*?

— Sim, rápido!

— De jeito nenhum. É meu casamento!

— Você vai estragar tudo!

— *Eu* vou estragar tudo, não é? — Simona soltou-se em um arranco e falou em voz alta: — Não é você aqui gritando comigo que vai estragar tudo? *Maluca*. Me deixe quieta, vou esperar aqui.

— Nós devíamos ter ensaiado mais vezes, eu te avisei! Não dá para casar sem testar e ensaiar mil vezes!

— Eu não tive tempo.

— Teve sim. Agora fique quietinha e escondidinha! Quando o noivo chegar eu te puxo...

A cerimonialista levantou a mão na direção do lado oeste da praça. Simona pôde ver uma pulseira fina que ela tinha no braço, estranhamente parecida com a pulseira que ela mesma possuía.

— Não converse comigo no diminutivo, sou eu quem está pagando por esse casamento!

— Fique quieta!

Simona balançou a cabeça e se afastou, atravessando o tapete vermelho que cortava o pátio no meio exato e levava para dentro da igreja. Turistas começaram a cercá-las, curiosos.

A cerimonialista foi no seu encalço.

— Aonde pensa que vai?!

— Para onde eu quiser! Não me trate como uma criança! — Simona respondeu entredentes, com os punhos cerrados.

Ela viu alguns rostos de quem estava sentado dentro da igreja se virarem para vê-la e saiu da margem da porta, se direcionando para a outra extremidade do pátio.

— *Che palle!* Você se comporta como uma criança! Arruinando o planejamento da cerimônia! — A mulher a alcançou e puxou pelo ombro. — Seu noivo está chegando, agora esconda-se!

— Me solta!

Mas em vez de soltá-la, a mulher a beliscou, torcendo a pele de Simona com força entre as unhas longas e azuis.

— *Vaffanculo!*

— Vá se esconder!

— Não encoste em mim, *stronza*! — Simona empurrou a mulher e massageou o braço.

Ali próximo, na lateral da igreja, dois homens que tiravam fotos um do outro pararam os flashes para assistir à cena.

Junto a eles, outros turistas se voltavam para as mulheres, com os celulares em punho.

— Volte aqui! — A cerimonialista tentou se aproximar de novo com as unhas se projetando na direção de Simona como uma harpia.

— *Não!*

Ela agarrou Simona pelo pulso e enfiou as unhas na pele fina. Algumas pessoas se levantaram do banco da igreja e foram para o pátio assistir ao entrave.

— Seu noivo não chegou ainda! Não torne isso ainda pior! Não estrague o melhor dia da sua vida, você precisa voltar e se esconder!

A cerimonialista soltou um tapa no rosto da noiva, enquanto falava como se quisesse terminar toda frase com um ponto de exclamação.

Simona sentiu o chão virar gelatina. Seu corpo estava duro e ela se enfiava vagarosamente no granito, mole aos seus pés. Os olhares, cochichos agressivos, risadas e som de celulares repetindo o vídeo do tapa da cerimonialista passaram por seus ouvidos, como se um segundo fosse uma hora.

— O melhor dia da minha vida? — Simona gritou, buscando força. — Que o diabo o carregue! Que vocês todos vão à merda!

Ela gritou para o círculo que se formava ao redor dela. Entre desconhecidos, viu seu cunhado e um dos primos do noivo saírem pela porta da igreja pisando duro na direção dela. Seu coração batia com tanta força que ela sentia o pescoço pulsar de raiva.

— Comporte-se! Não crie uma cena! — A cerimonialista tentou outra vez segurar o braço de Simona, que a essa altura já estava vermelho e com arranhões.

— É o dia do *meu* casamento! Não crie cena, *você!* — Dessa vez Simona repeliu o braço da mulher com um soco.

Mas o punho mal alcançou o queixo da cerimonialista, pois ela se desviou do ataque e bateu outra vez no rosto de Simona, fazendo com que ela tropeçasse no salto fino e rasgasse um pedaço do vestido ao cair no chão.

As peles das mãos se ralaram no granito áspero do chão, e Simona viu as pontas de sangue surgirem imediatamente.

— Pare com isso! — Um homem apareceu. Usava um blazer preto e calças de alfaiataria. — Você está machucando a noiva!

Ele estendeu a mão com falanges cobertas de tatuagens na direção de Simona para ajudá-la a se erguer.

— Você está bem? — A voz dele estava irritada.

— *Não.* — Simona aceitou a mão e ergueu-se apoiando nele.

Passaram alguns segundos enquanto a mulher o observava, vendo as tatuagens no peito sem camisa, as quais podiam ser vistas pela abertura do blazer. Ele tirou um lenço do bolso, oferecendo para Simona.

— Obrigada. — A voz dela saiu com dificuldade. Naquele momento, o sentimento de vergonha e raiva suprimia qualquer dor do tapa e do tombo.

— Eu acho que ela te machucou. Você está sangrando.

A cerimonialista estava conversando aos berros com o outro homem que surgiu ali.

— Saiam daqui, seus imundos! — Ela usava a força contra o braço do homem que ajudou Simona, mas ele nem se moveu, apenas ergueu as sobrancelhas.

— Tire a mão de mim, por favor. Se afaste da noiva.

— O que está acontecendo? — Nesse momento chegou o irmão do noivo.

— Essa mulher está esmurrando a noiva! — Alguém falou.

— Violência...

— Não podem conversar civilizadamente?

— Que absurdo, a noiva está toda suja...

— O que deu na noiva? Não quer casar?

Simona sentia o estômago revirar e evitava o olhar dos familiares do noivo e dos estranhos curiosos que ainda estavam ali.

— Essa mulher precisa se esconder, *Dio mio,* o noivo vai chegar! Ele não pode vê-la!

Um ruído de aprovação passou pelo círculo de pessoas desconhecidas.

— Você já estragou minha maquiagem. — Simona passou as costas da mão no lábio e viu uma mancha de sangue.

— Vamos lá, ainda dá para arrumar, vá lá para trás. — A cerimonialista levantou a mão na direção do rosto dela, Simona deu um passo para trás.

— Eu te paguei para organizar esse casamento, não para fazer gambiarra, *porca puttana!* — Simona passou pelo homem tatuado e levantou a mão na direção da cerimonialista.

— É o que eu estou fazendo, ingrata!

A cerimonialista avançou sobre Simona.

— *Stronza!*

— Sua malcriada! Você precisa se esconder, o noivo vai chegar! — A cerimonialista sacudiu os ombros de Simona.

— *Leccaculo!* — Simona avançou no pescoço da mulher e a enforcou.

No meio de uma pantomima de xingamentos e reprimendas, socos, pontapés e gritos, o irmão do noivo e os homens tatuados separaram as duas mulheres segurando-as pela cintura e afastando-as uma da outra.

— Você se feriu de novo. — O Estranho-Salvador-Tatuado soltou Simona e se colocou na frente dela, entre a cerimonialista que tentava avançar de novo.

— Sim. — A voz de Simona era um ruído fraco. Os olhos vertiam lágrimas ininterruptas, ácidas.

— Vai ficar tudo bem.

De longe, ela viu a cerimonialista correr até eles e socar as costas do homem estranho. Seu corpo tremia.

— Sua imbecil! O noivo vai chegar...

— Ela não vai te machucar de novo.

— Preciso sair daqui.

Os dois se encararam e, atrás deles, o irmão do noivo agora brigava com toda a equipe da cerimonialista (um homem segurando um buquê, outro homem com uma câmera, uma mulher com uma pochete segurando pincéis de maquiagem e um homem de avental) todos aos gritos. Simona tentou não ouvir.

— Para onde?

— Para longe. — Simona chorava e mal podia discernir os traços do rosto de seu protetor. — Não posso ficar aqui.

— Mas é o seu casamento.

— Foda-se.

Simona sentia a pele arder onde foi beliscada e estapeada, além do pedaço do couro cabeludo que foi puxado. De repente, toda a dor a assomou de uma vez e ela não sabia mais se estava chorando ou não.

Lá no pé da escada, na rua, um carro parou e um homem alto saltou com um sorriso no rosto. Simona arfou e segurou a mão do homem tatuado.

— Me tira daqui.

— Mas, *donna*...

— Por favor. — Implorou uma última vez. — Não posso ficar aqui desse jeito.

— Vem comigo. — Ele segurou a mão de Simona com firmeza.

Os dois passaram pelo corredor que separava a igreja do museu, onde era muito estreito e apenas uma pessoa passava por vez. No caminho até lá, o homem tatuado puxou o amigo de cabelos pretos, que tentava conversar com a família do noivo, pelo colarinho, e começaram a correr.

— Simona! Simona Martaci! — Foi a última coisa que ela ouviu. — Seu noivo chegou, *volte!*

— Eu não vou voltar.

I tremble
They're gonna eat me alive
If I stumble
They're gonna eat me alive
Metric - I'm Alive

Estremeço
Eles vão me comer viva
Se eu tropeçar
Eles vão me comer viva

CAMPIDOGLIO 3

Colonna Traiana
11:10 a.m.

— **Cara, chega de correr.** Pelo amor de deus, eu sou fumante.

— Ótimo, me dá um cigarro. — Simona falou, ofegante.

Os três pararam numa esquina na via Cesare Battisti e escoraram no muro da rua estreita.

— Obrigada. — Simona respondeu, quando um deles lhe deu o cigarro e o outro acendeu. — Por me tirarem de lá.

Fez-se o silêncio solene dos fumantes que estavam ansiando por um cigarro. Depois de três tragadas, um deles falou:

— Você se machucou.

— Moça, parecia uma briga de UFC!

— Que loucura.

Simona ergueu o vestido acima dos joelhos ralados pelo tombo drástico duas quadras atrás. Com o lábio inchado pelo tapa que levou da cerimonialista, os braços arranhados e as mãos machucadas por aparar o peso no granito, ela parecia ter fugido *mesmo* de uma briga espetacular.

— Com certeza esse não foi o meu melhor momento.

— Eu sou Cris. Este é o Dio.

— Simona.

— É, a gente sabe. — Disse Dio, o homem que a ajudou a correr. — Você fodeu o meu negócio hoje. Seu casamento foi marcado no lugar do meu *media kit*.

— Pega leve, cara, ela acabou de levar um caldo… — Cris disse, acendendo um cigarro.

— Perdi muita grana por causa do seu casamento. — Dio apontou o dedo para Simona. Ela tragou o cigarro sem encará-lo.

— Te pago o valor que gastou. Para te ressarcir.

— *O quê?* — Os dois disseram em uníssono.

— Isso mesmo. Se a culpa é minha, eu pago. Eu não quis casar numa *merda* de uma quinta-feira, foi meu noivo quem escolheu, era uma promessa para a avó. Adivinhem, só tinha o horário das onze da manhã.

Dio e Cris tragaram sincronizados, encarando a mulher.

— Tínhamos um trabalho pra fazer lá nesse horário. O padre passou a perna na gente e aí fomos tirar foto do lado de fora, dispensamos os fotógrafos e a equipe de maquiagem, perdemos ainda mais dinheiro, a gente se fodeu.

— Foi um custo alto e sem reembolso.

— Mas tá tudo bem. — O homem chamado Chris sorriu, charmoso. — A gente faz outro dia, moça.

— O que vocês fazem? — Simona deixou de encarar o vazio da rua e contemplou os dois, pela primeira vez prestando atenção neles. — Eu digo... por que precisavam da igreja?

Dio tinha os olhos estreitos e o cenho vincado como se estivesse constantemente com fotofobia ou irritado. Cris tinha olhos grandes e escuros por baixo de uma cortina de cabelos encaracolados. Ambos eram os homens mais bem vestidos e tatuados que Simona já viu. Cris tinha duas tatuagens no rosto e Dio tinha mais tatuagens no peito à mostra, no pescoço e nas falanges dos dedos.

— Somos modelos. A gente tava lá para fazer um book para o *fashion week* do mês que vem. Dio tirou dinheiro do aluguel dele para pagar a igreja — Cris disse e recebeu um olhar congelante de Dio. Ou ele sempre olhava irritado para os outros? — Digo... A grana é curta, sabe... modelo independente é assim mesmo.

— Vou te pagar, Dio. — Simona disse, olhando para ele.

— Não é hora de se preocupar com isso.

Tragaram mais um pouco em silêncio. O muro em que se recostavam era coberto de cartazes sobre peças de teatro da região e até algumas pichações e placas de aluguel. Cris estava ao lado de Simona e Dio à frente dela.

— Deixa eu ver de novo. — Dio disse.

— O quê?

— Sua perna.

— *O quê?* — Simona recuou.

— Seu machucado, *brunetta*.

Simona não gostava do hábito lascivo dos homens romanos de chamarem-na de "morena". Ouviu pela primeira vez quando estava andando na rua, subindo pelo morro do antigo Forum e mostrou o dedo do meio para quem a chamou. A segunda vez foi em um supermercado e ela se comportou do mesmo jeito.

Contudo, ela tinha que admitir que aquela palavra que vinha da boca bonita de Dio não causava o mesmo efeito de repulsa que ela tinha experimentado em outras ocasiões.

— Não me chame assim.

— Tudo bem, mas me deixe ver como está.

Ela levantou o vestido acima dos joelhos e o homem se aproximou, estreitando ainda mais os olhos.

— Você não vai conseguir andar muito mais com o machucado desse jeito e com as meias rasgadas.

Simona tateou o próprio corpo, tomando uma súbita consciência de que não carregava nada consigo.

— Estou sem celular e carteira... Não tenho como pagar um táxi.

— Quer que a gente te leve de volta para a igreja? — Dio questionou, sarcástico.

— Não!

— Então como você acha que vai embora agora?

— Você não é daqui, né? — Cris tinha um tom de voz curioso, interrompendo a conversa – e a tensão – entre Simona e Dio.

— Eu não quero voltar. Nunca mais pisarei naquela igreja. — Simona fechou os olhos longamente. — Pelo menos por enquanto.

— Ufa, ainda bem. Dei um soco em um cara de terno e ele falou que ia me processar. — Cris riu. — Mal sabe ele que eu tô fodido.

— De onde você é, *brunetta?* — Dio tirou o tom sarcástico da voz, como se tirasse uma peça de roupa, estava neutro.

— Por que você se interessa?

— Não me interesso.

— Eu me interesso. Eu sei que você não é daqui. — Cris sorriu.

— É, eu não sou daqui.

— Nápoles? — Cris tentou adivinhar.

— Sim.

— Ah, eu sabia! — Cris sorriu ainda mais. — Te falei, Dio, ela é de Nápoles.

— E daí?

— Você é a típica mulher de Nápoles. Arredia. — Cris fez um gesto com a mão como se estivesse tentando apanhar algo no ar. — E nervosa.

Simona, ofendida, colocou as mãos na cintura. Clichés não eram com ela.

— Retire o que disse. Você não me conhece.

— Moça — Cris continuou sorrindo. Ele tinha um tom divertido que convidava para uma risada —, você fugiu de um casamento. Toda vestida assim, já pronta pro *sim*. *Deu um coro* na chefe do casamento. Saiu correndo. Você é de Nápoles.

— Corta o papo, imbecil. — Dio o censurou. — Simona, já que não mora aqui, para onde quer que eu te leve? Seu hotel, talvez?

Ela reparou na diferença da voz dos dois, um de tom solenemente sarcástico e o outro falando como se nada fosse sério no mundo.

— Eu moro aqui em Roma. Ou melhor, vou morar... Com meu noivo... — Simona estranhou o sabor do termo "meu noivo" nos lábios. Era a primeira vez que pensava nele desde a fuga. — Me mudei há duas semanas e vou pegar minha nova casa quando voltar da lua de mel... Até lá, fico na casa da minha sogra.

Cris e Dio se olharam.

— Ihh...

— Não quero voltar. — Simona suspirou. — Não posso aparecer lá. Não tenho a chave, o porteiro me conhece, mas a porta está sempre trancada. Nunca me deram uma cópia. — Ela hesitou. — Se eu voltar, eles vão me matar. E que se dane lua de mel, eu não gosto da França mesmo.

— Tudo bem, então para onde quer ir? — Dio apontou para o rasgo no busto de Simona, que mostrava um pedaço da lingerie, mas como era um tecido branco sobre outro, era *quase* imperceptível. — Você precisa de sapatos confortáveis. E de uma roupa que não esteja rasgada.

— Não tenho amigos aqui.

— Agora você tem a gente. — Cris remediou.

— Se eu te emprestar um telefone você consegue ligar para alguém te encontrar? Alguém de Nápoles?

Simona pensou em sua mãe, que deveria estar em algum ponto do Oceano Índico àquela altura, receitando antibióticos para alguma criança de garganta inflamada.

Além dela, não havia outras pessoas com quem contar.

— Não.

— Você pode falar com seu noivo.

— Não me parece uma boa ideia.

— Não parecia uma boa ideia se casar — Dio respondeu, rápido.

Simona olhou para cima, para o céu azul brilhante da manhã de verão, e sentiu as lágrimas se aproximando novamente. Afastou-se um pouco e jogou o resto do cigarro no lixo, sentindo o amargor na boca e o arrependimento por fumar depois de tantos anos afastada dos cigarros.

— Definitivamente não.

Ficou alguns minutos contemplando o pequeno beco vazio, com o som dos carros e do movimento a distância, até receber um toque suave no ombro.

— Tome. — Dio a trouxe de volta para a realidade entregando uma garrafa de água.

— Obrigada.

— Faz mal pensar sobre a vida com a boca seca.

— Dio... — A voz dela saiu fraca e ela secou um par de lágrimas com o mesmo lenço que ganhou mais cedo. — Qual foi a última coisa que você fez por impulso?

Ele, que não tinha parado de olhá-la em nenhum momento, abriu o desenho de um sorriso de canto, oblíquo. Era a primeira vez que Simona o via se abrir e demonstrar uma expressão.

— Salvei uma noiva em fuga das garras de uma harpia.

Dio ainda sustentava um sorriso tímido.

— Vai ficar tudo bem. Seja lá qual for o resultado.

— Eu acho impossível tudo isso acabar bem.

— Alguma coisa vai dar certo.

— Obrigada por me ajudar.

— Vamos, não quero deixá-la aqui sozinha, *brunetta*.

— Eu já estou perdidamente sozinha.

— Não mais. — Ele colocou as mãos no bolso. — Agora diga, para onde quer ir?

— Para qualquer lugar. Só não quero voltar para meu noivo hoje. Não quero... Ser quem eu achei que seria hoje quando acordei.

— Não quer ser a *signora* de alguém?

— Eu não quero pertencer a ninguém. *Signora* ou *signorina*.

— Então vamos. Estou morrendo de fome. — Cris surgiu com uma lata de Coca-Cola e abraçou o pescoço de Dio.

— Para onde? — Simona bebeu a água.

— Eu vou pra casa, já liguei pro Dariush e pedi para separar meu sanduíche de falafel de hoje. — Cris acendeu outro cigarro. — Vocês não estão com fome?

— Você está com fome toda hora — Dio resmungou.

— Eu estou com fome — Simona disse, mesmo sem ter certeza.

— Viu, ela está com fome. Vamos pra casa — Cris insistiu.

— Ela não pode andar muito.

— Eu aguento.

Os dois homens a encararam.

— O que foi? Estou assim tão feia? — As sobrancelhas grossas de Simona se arquearam.

— Não.

— Nós podemos ir mais devagar agora, já que não tem mais ninguém nos seguindo — Dio concluiu.

Simona olhou para o seu reflexo no carro mais próximo. Retirou a tiara de diamantes da cabeça e a jogou no chão.

— Opa opa, *pera aí.* — Cris arregalou os olhos e tentou apanhar a tiara, mas o salto de Simona já a pisava e desfazia em mil pedaços. — Não...

— Essa merda é falsa. — Simona apanhou os pedaços e jogou fora. – Era só um enfeite.

Em seguida, arrancou uma das mangas de seda do vestido que já estava rasgada e fez um laço para amarrar o cabelo armado de laquê. No final, ela mesma se sentia um enfeite, um pedaço de decoração cuidadosamente montado como uma melancia desenhada em um arranjo de natal. Sazonal, bonita e comestível. Nada além disso.

Ao fim, olhou para os dois homens que observavam a desconstrução de Simona como quem assiste a um prédio ser demolido.

— Estou pronta. Os adornos já eram. Não sou uma melancia.

— Hein? — O rosto de Cris formou uma interrogação.

— Tenho um tênis na minha casa que pode te servir. Se quiser continuar fugindo a pé. — Dio sugeriu.

— E eu vou te pagar. Pelo tênis e pela ajuda…

— Com o quê? Você não tem carteira. — Dio ergueu as sobrancelhas. Seu tom era sarcástico, mas não ofensivo.

— Eu trabalho num banco. Posso transferir dinheiro de qualquer lugar.

— Tudo bem.

— Só preciso de um celular… Que não tenho *agora*.

— Ok.

— Ou de sinal de internet. Consigo acessar pela minha senha.

— Já falei que está tudo bem, *brunetta*, agora vamos.

— Poxa uma grana até que ajudava…

Dio deu uma cotovelada no amigo, que desconfiou e não terminou a frase.

— Me leve… Ou me esconda, pelo menos hoje. Não quero voltar para casa.

Dio novamente converteu a seriedade dos lábios grossos num sorriso divertido.

— Como desejar, *brunetta*. — E ofereceu o braço para Simona segurar.

— Pare de me chamar assim.

— Te incomoda tanto assim?

— Sim. — Simona respondeu, mesmo sabendo que estava mentindo.

— Vamos para Trastevere. Vamos para casa.

— É o meu bairro favorito de Roma. — Simona sorriu, já quase se esquecendo do *brunetta*.

— O nosso também. — Cris sorriu.

Simona apanhou o braço de Dio. Começaram a andar, dessa vez mais calmos e sem correr, pelo passeio irregular da cidade antiga. Quem assistia àquele grupo poderia acreditar que os três estavam saindo de um ensaio fotográfico. Dio e Cris com seus óculos escuros e roupas elegantes e Simona, com o vestido de noiva sujo e rasgado, se esforçando para equilibrar a consciência e o corpo no salto de dez centímetros. Não conversaram muito no caminho, mas a mão de Dio amparou a cintura de Simona em várias escadas e declives.

Ela nunca se sentiu tão viva, metade medo e metade euforia. Sabia que estava negando a parte mais correta de si mesma, que gritava a plenos pulmões que ela estava errada em confiar em dois estranhos, mas outra voz a convidava para um *sim*. Havia algo nela que estava sendo vagarosamente despertado por uma faísca que, depois de tanto tempo escondida, agora estava aprendendo a se acender.

Era a promessa de um incêndio.

Ela sentia ter abandonado o julgamento, o medo e a vergonha que a acompanhavam desde a igreja. Ficou tudo ali, junto à tiara despedaçada no lixo.

O calor que sentia nas mãos e na pele a cada nova sensação daquela aventura calava qualquer coisa que a tentava impedir de retornar, ou pensar em retornar.

E ainda não era meio dia na capital italiana que suava o início do verão. Algum sino tocou longe e ela pensou rapidamente que, em alguma outra realidade, ela estaria casada naquele momento.

Em alguma outra realidade, mas não naquela.

TRASTEVERE

Piazza di Santa Maria
11:59 a.m.

Em um ponto do caminho, Simona quase caiu e Dio decidiu que era melhor andar o tempo todo com a mão na cintura dela. Ela não achou ruim.

— Que perfume é esse? — Ela perguntou, quando sentiu o cheiro de Dio mais de perto.

— O príncipe de Roma só usa verbena. Pós-barba de verbena. Sabonete de verbena. Dio é um idoso. — Cris criticou.

— Tem a alma de um.

— É bom.

— O seu é algo mais chique, não é? — Dio se virou e aproximou o nariz do rosto de Simona. — Tem cheiro de…

— Rica. Ela cheira a mulher rica. — Cris caçoou.

— E que tipo de cheiro é esse? O tipo que precisa de ajuda de um desconhecido para andar sobre um salto?

— Sim. Esse é o seu tipo. — Dio continuou com a mão apoiada na cintura dela. — E em breve não serei mais um desconhecido.

— Digamos que tenho bom gosto. — Simona sorriu, sentindo seu estômago retrair com a aproximação. — Para perfumes e desconhecidos.

Dio curvou de novo os lábios num de seus sorrisos misteriosos. Simona estava começando a gostar ainda mais dele.

Rumando para o bairro que já conhecia, a mulher lembrou-se de como seu noivo a criticou quando disse que queria comprar um apartamento antigo ali mesmo, chamando o bairro de antro de depravados e turistas.

— Meu pai já me trouxe em um restaurante aqui. Quando eu era criança. Isso tem tantos anos...

Simona sorriu abertamente quando pisaram pela primeira vez na *piazza* di Santa Maria em Trastevere, um grande pátio com uma fonte central, rodeado de prédios com quatro ou três andares, janelas estreitas e longas com tetos antiquados da típica cor laranja ocre da região. Cascatas de plantas de folhas pequenas cobriam algumas paredes, surgindo dos parapeitos das janelas mais altas ou pela divisão entre um sobrado e outro.

A cada canto havia uma trattoria, pizzeria ou osteria. Também, é claro, havia lojas de pequenos consertos, algumas sorveterias e até uma livraria, mas a predominância eram as portas minúsculas que vendiam todo tipo de comida. Uma ópera de Bellini saía de alguma janela aberta, brigando com o som de um acordeon do músico de rua mais perto. Havia muito movimento pelo horário de almoço.

— Você lembra qual o nome do lugar? — Dio perguntou, curioso, vendo Simona virar o rosto toda hora para ler o nome das placas conforme adentravam as ruas estreitas. — Estamos rodeados de restaurantes.

— Tudo aqui é tão similar. Posso me perder a qualquer momento... Lembro que começava com "O"...

— Podemos tentar achar pela internet. — Pararam a caminhada quando viraram uma esquina e viram uma *piazza* menos movimentada. — E quem sabe ir para o jantar.

— São muitas possibilidades.

— Eu não estou com pressa.

— Esse bairro é mesmo lindo. As pessoas, o movimento, a música. — Simona sorriu e viu que Dio estava com o rosto virado na direção dela.

— Roma não é Roma sem Trastevere. — Dio sorriu e subiu a mão da cintura para o ombro de Simona. — Os romanos de verdade nascem e morrem aqui, desde sempre.

— Aí, vou nessa, preciso pegar meu falafel. Vejo vocês em casa. — Cris fez algum sinal de gangue com os dedos para Dio e em seguida beijou as costas da mão de Simona. — *Carissima bride on the run.* — E em seguida deu as costas para eles.

— Noiva em fuga. Que título. — Simona riu baixo vendo os cabelos cacheados de Cris se afastando no meio da praça cheia.

— Melhor que *signora*, não?

Ela riu e pensou ter ouvido um certo tom sugestivo de Dio.

— Sim. Antes um *nunca* do que um *para sempre*.

Dio ergueu as sobrancelhas sobre os óculos escuros.

— Tem algo que quero te perguntar, *brunetta*, mas não quero parecer rude.

— Eu apanhei da pessoa mais rude que poderia ter aparecido no meu dia, suas palavras não devem doer mais do que o tapa dela.

— Por que escolheu se casar? — Dio tocou o ombro de Simona com calma, indicando o caminho a seguir pelo beco repleto de mesas e pessoas almoçando.

O cheiro predominante era de um queijo pecorino recém ralado, além do manjericão fresco que crescia em alguns vasinhos nos beirais das janelas e tomates tostados que predominavam nos pratos, tudo mesclando à fumaça de cigarro sempre aceso de Dio. Também havia o cheiro das azaleias em flor que surgia das janelas ou dos vasos das mesas na rua com rosas e margaridas. Cada passo a levava a uma nuvem de cheiros e Simona erguia o nariz para cima para saboreá-los. Queria adiar ao máximo sua resposta.

— Túlio e sua família moram no mesmo prédio no Tor de Quinto há gerações. Eu me mudei para Roma quando fui transferida de agência, aqui vou ter uma carreira nas contas empresariais. — Ela disse, após uma pausa de olhos fechados ao passar um garçom com um prato de vongoles. — E para morar com Túlio, precisamos nos casar. Não podemos morar só como namorados, você sabe.

— Não, não sei. Não me parece racional.

— Coisa da igreja.

— Por que não aluga um apartamento para você? Está procurando um casamento ou uma imobiliária?

— Esse questionamento é *bobo*.

— O jeito que você falou me levou a pensar assim.

— Mas não é só isso. É claro que tem outras coisas, eu amo meu namorado... *Noivo*.

— Casar para ter um teto... Eu poderia me casar com a mãe de Cris, porque ela quem subloca minha casa. — Dio desenhou um sorriso torto como se tivesse imaginado falar isso para o amigo. — O que me impede de casar com ela?

— Eu não sei, ela é bonita?

— Dá para o gasto.

— Se você acha mais fácil se casar e ser o padrasto do Cris...

— Não mesmo.

— É lógico que quero casar com Túlio por outros motivos. Ele é gentil e amável...

— Você o ama? — Dio a olhou e Simona parou de caminhar por um momento, mas em seguida alcançou o outro, que não parou.

— Óbvio que sim!

— Então por que fugiu? Por que demorou tanto para me responder?

— Não sei se você viu, mas eu fui *agredida*. — Simona ergueu o braço ferido. — E você está me deixando desconfortável falando desse jeito...

— Você ficaria mal a vida inteira, se casando apenas para ter onde morar.

Simona parou de caminhar de vez. Dio olhou para trás.

— Ei, venha cá, não foi a minha intenção te deixar assim.

— Eu vou embora.

— Como?

— Não sei!

Simona se virou e Dio a alcançou, ficando na frente dela.

— Não vamos mais falar do seu noivo, ok? Você quer fugir dele por hoje e pediu minha ajuda. Irei ajudar.

— Você tem razão. Eu não o amo. Eu não amo o Túlio. Nunca amei.

— *Brunetta...* — Dio tirou os óculos escuros, para dar mais seriedade à sua expressão. Seus olhos apertados de fotofobia se tornaram dois riscos pequenos. — Uma coisa de cada vez. Você pode pensar sobre seus sentimentos depois, quando voltar...

— Eu vou voltar para a casa dele. Pedir desculpas, pegar minha mala...

— Ele deve estar com raiva agora. Talvez não seja uma boa escolha.

— Mas o que vou fazer?

— Eu não faço a menor ideia, mas você deve descobrir. Apenas vá com calma, não tenha pressa em voltar.

Simona ergueu os olhos. Não conseguia localizar as pupilas de Dio como conforto, mas agradeceu quando sentiu que ele a segurou pela mão, com uma gentileza tão quente quanto o sol que fazia sua nuca suar.

— Você fala com tanta tranquilidade.

— Nunca estive numa posição igual à sua. Mas já estive em uma posição em que não era possível retornar. O único caminho era em frente. Eu não poderia voltar para o mesmo ponto de partida e me senti... — Dio subiu o toque na palma da mão de Simona para o antebraço dela. — Não foi legal.

Simona, agora próxima, aceitou aquele toque confortável no seu braço. Sentiu, na parte baixa da própria coluna, a mão de Dio e percebeu que aquilo era um abraço. Foram segundos lentos até ela aceitar que aquele acolhimento fazia bem e se permitiu soltar o peso dos ombros.

Estar envolvida nos braços daquele homem estranho e repousar a cabeça em seu peito cheio de desenhos na pele quente foi confortável. As pessoas e os carros continuavam passando por eles na movimentada travessa em que estavam.

— Não sei o que está acontecendo comigo. — A voz de Simona saiu fraca e abafada. Dio a acariciou levemente e retirou os fios de cabelo colados na testa úmida da mulher.

— Vai ficar tudo bem.

Simona se sentiu bem ao ouvir essa frase. Vinda da boca dele, fazia muito sentido.

Eles se encararam, ainda abraçados, até alguém trombar neles e xingá-los. Simona riu e secou os olhos, soltando-se do magnético abraço de Dio.

— Eu estou bem.

— Eu queria que soubesse que você é uma mulher muito bonita e que se quiser se refugiar da sua vida hoje, pode contar comigo. — Dio a segurou pela mão novamente. — Posso não ser nada parecido com os homens que já encontrou, mas garanto que não se arrependerá de passar o dia comigo. Você me pediu para levá-la embora por um dia e é isto que estou fazendo.

Simona sorriu, já com o batom vermelho que passou para se casar borrado de suor e oleosidade do rosto.

— Falo sério, *brunetta*. Se aventure comigo. Esqueça o homem com quem vai se casar, se é assim que você quer. O esqueça de vez, só por hoje. — Dio a segurou pelo queixo e deu um beijo na bochecha. — Deixe para pensar no que vai fazer depois. Você é bonita demais para ficar assim, desolada.

Simona o encarava, em um silêncio de quem não sabe quais palavras escolher.

— De toda forma, eu duvido que você teve uma noitada de despedida antes de se casar.

— Definitivamente não tive. Hoje é quinta-feira, eu trabalhei o dia todo ontem.

— Então vamos fazer uma.

Simona, levemente inspirada pelas palavras de Dio, o beijou, mas dessa vez nos lábios. Um selinho. Ele ensaiou um sorriso e abriu os olhos, com uma expressão muito calma.

— Que tal um almoço, te levo na minha casa e você troca suas roupas e depois procuramos pela *trattoria* que seu pai a levou? Ou podemos ir a outros bairros de Roma, já que você é nova na cidade.

— Parece uma aventura à altura de uma despedida.

— Então este é nosso plano para hoje. Você é uma noiva em fuga e eu sou o pirata que te roubou. Não pretendo te devolver por enquanto.

— Me leve com você.

Dio a segurou pela mão e voltaram a andar. Dessa vez, ambos sorriam mostrando os dentes.

TRASTEVERE 2

Vicolo della Frustra
12:12 p.m

Simona tinha que assumir para si mesma que seus pés começavam a doer além da conta. Dio percebeu.

— Estamos chegando, *brunetta,* prometo.

Poucos prédios depois, viraram numa pequena *piazza* com uma fonte desativada no centro, alguns *ristorantes* e crianças correndo. Não se viam pessoas que se destacavam como turistas, falando em outras línguas ou tirando fotos. Estavam num lado mais tradicional do bairro, com alguns idosos vendo TV nos bares abertos e algumas *nonnas* batendo tapetes e roupas nas janelas.

— Gosta de comida árabe?

— Com certeza. — Ela assentiu, grata por chegarem a algum lugar.

— Ei, Dariush! — Dio cumprimentou um homem de avental que se espremia numa pequena fresta na parede que mal o cabia, com uma placa "Kebab & Falafel" tão pequena quanto.

— *Salaam aleikum,* Dio! Sabia que estava chegando, Cristiano passou há poucos minutos. — O homem não parou de montar e embalar o sanduíche e entregou a sacola para um cliente ali perto, já anotando o pedido de outro. Simona ainda tentava entender como um homem só conseguia atender tanta gente. — Olá, bonita! Seja bem-vinda! — E sorriu para Simona.

— *Aleikum essalam. Sukran!*

— De nada! Gostei de você! — Ele respondeu, dando as costas e continuando a fazer sanduíches.

— Posso fazer o pedido para você?

— Não tenho dinheiro.

— Dois *gyros*, Dariush. Um com mostarda extra, de sempre. — Dio deu a ordem e apontou para o único banco e mesa que havia à frente da pequena lanchonete. — Como soube responder ao cumprimento dele?

— Às tardes de quinta eu tinha um trabalho *pro bono* com imigrantes no banco em Nápoles. Eu os ajudava a abrir suas contas e driblar algumas taxas do governo.

Ao sentar, Simona tirou os sapatos, que eram brancos e agora estavam mais sujos e surrados, como se estivessem passado por uma trincheira. Por baixo da meia fina, seus dedos estavam vermelhos de sangue e cortes pequenos de bolhas que se romperam.

— Sei cumprimentá-los e o básico do árabe, o suficiente para ajudá-los. *Ai!*

— Isso está muito feio. — Dio a observava.

— Merda! — Simona xingou e fechou os olhos. — Minha meia furou.

— É sério que é essa sua preocupação? — Ele sorriu com o cigarro nos lábios.

— Ela foi cara... Não estava esperando andar tanto hoje. Uso meias mais grossas para este tipo de salto... — Simona ergueu o vestido até o joelho ralado, onde a meia havia rasgado de vez. — Que são nada atraentes ou usáveis em uma lua de mel.

Dio observava as pernas à mostra de Simona e, se seus olhos estreitos falassem, diriam que ele estava esfomeado e não era pelo *gyros*.

— Sabe, quando você acorda de manhã e escolhe uma roupa, você planeja passar o dia com ela? — Simona enfiou a mão por baixo das camadas de seda e organza do vestido e alcançou a liga da cinta que prendia a meia rasgada. Desatou e puxou o tecido, terminando de rasgá-lo. — Se fosse para rasgar essa meia, eu preferiria de outro jeito. *Porco dio...*

Ela enrolou a meia rasgada e colocou dentro do sapato. Descalça e com o vestido dobrado no meio das coxas, se lembrou de que estava numa praça pública e desceu de volta até os pés.

— Calma, você ainda tem a outra meia. — Dio disse e Simona o encarou. O homem não havia movido um músculo além dos lábios rosados abrindo e fechando para receber seu cigarro. — Ela ainda pode se rasgar.

— Não do jeito que eu quero, e não ache que terá qualquer coisa comigo. Ainda uso uma aliança. — E mostrou o dedo anelar.

— Eu sei. É a prova que você tem um teto, não é? Seu contrato imobiliário.

— Claro que não.

— Quantos *nãos* você diz em tão pouco tempo, *brunetta*.

Ela suspirou e desviou o olhar, escondendo o riso. O homem a chamava de novo por *brunetta* e cada vez mais ela fingia para si mesma que não estava gostando.

Viu que algumas pessoas no *ristorante* próximo ainda a olhavam de canto de olho, mas não se importou. Eles não faziam ideia do que ela tinha passado até chegar ali. Cada uma das suas feridas tinha um porquê e ela estava disposta a não escondê-las.

O sanduíche chegou rápido e foi o melhor que Simona já comeu, coisa que ela ressaltou várias vezes de boca cheia.

— Dariush se mudou para cá há uns anos, eu o ajudei a montar a barraca dele. Agora ele aluga um cômodo, desde o começo sabia que o sanduíche dele era o melhor. — Dio, satisfeito, disse oferecendo um guardanapo para a mulher.

— Eu poderia viver minha vida inteira aqui em Roma. — Ela divagou, aceitando um cigarro para a digestão e olhando para o pinheiro-manso grande como um prédio cuja sombra cobria quase toda a praça. Já havia alguns minutos que eles devoraram o lanche. — E nunca chegaria até aqui sozinha. Me sinto no olho do labirinto do Minotauro. E esta é a recompensa.

— Então você viveria cem anos, sem nunca ir à Roma de fato. — Dio apagou o cigarro e juntou o lixo da mesa. — Trastevere não é em Roma. Roma é em Trastevere. Não esqueça.

— Não esquecerei.

Após algum tempo, Simona se pôs de pé e sentiu as dores dos pés voltarem com força. A pele dos machucados agora estava inchada e dolorida e não seria tarefa fácil voltar o pé para o sapato. Antes que fizesse uma careta, Dio se aproximou, apanhou os sapatos dela e ofereceu suas costas.

— Suba, vou te levar.

— Não precisa.

— Você quer que eu te leve à força?

— Não é preciso, Dio…

— Você ia ser levada no colo de todo jeito hoje, então não é como se já não estivesse esperando isso. Suba logo.

Ela riu pelo nariz, porque era verdade.

— Tudo bem! Mas só até…

Simona obedeceu sem terminar a frase. Dio a segurou pelas coxas, por baixo do tecido do vestido, e se ergueu sem dificuldade.

— Confortável?

— Nem um pouco. — Simona riu, aproveitando para abraçar forte o pescoço de Dio, com medo de cair.

Dio cumprimentava algumas pessoas com a cabeça e Simona também, mesmo sem conhecer ninguém. Alguns idosos os olhavam desconfiados e sussurravam coisas como "jovens irresponsáveis", mas nenhum dos dois parecia se importar. A todo momento as mãos de Dio deslizavam pela parte inferior das coxas dela, tentando ter mais aderência ao peso ou simplesmente porque era *bom*.

O aroma de verbena que emanava das ondas castanhas da nuca dele fazia Simona querer abrir todos os sentidos para poder absorver Dio por inteiro, assim tão próximo. O tecido do blazer contra seus braços, a sensação rija dos músculos e o suave barulho da respiração dele faziam seu coração acelerar.

Chegaram à frente de um prédio tão antigo quanto outros ao redor, com tinta descascada e paredes manchadas. Dio abriu a porta com um molho de chaves e começou a subir as escadas.

— Ei, eu desço aqui.

— *Shh,* eu te levo. — Ele segurou as coxas de Simona com ainda mais força e começou a subir as escadas.

— Eu vou cair!

— Não vai. Estou te segurando.

Passaram por dois andares com ruídos de choro de criança, alguém tocando um violão desafinado e um rastro de cheiro de maconha até Dio parar numa porta com a maçaneta muito gasta e a abrir.

— Está em casa, *brunetta.* — Ele gentilmente parou em frente ao sofá e a deixou. Depois alongou as costas e suspirou longamente.

Dio abriu a cortina, revelando uma grande janela para um terraço que mostrava o lindo sol romano e os tetos das casas de Trastevere. O rio Tibre brilhava, à esquerda, distante e diminuto . Lá fora, havia duas cadeiras, uma mesa e algumas bitucas de cigarro.

A pequena sala era também um quarto, com um guarda-roupa de duas portas de estilo antigo ao lado da porta do banheiro e uma divisória na parede que separava a cozinha. Tudo ali era muito simples e até estóico, sem nenhum traço da personalidade que Dio aparentava ter. Não havia decoração ou roupas fora do lugar, era ascético e organizado como um hotel.

Dio tirou o blazer, ficando com o torso nu e revelando por inteiro as inúmeras tatuagens que cobriam seus braços, costas e o peito, com o suor disputando o brilho da tarde com suas correntes de ouro no pescoço e os piercings no nariz e na sobrancelha. Enquanto ele arrumava alguns copos vazios que estavam sobre a mesa, acendia um cigarro e bebia um pouco de água, Simona entortou a cabeça e estreitou os olhos tentando absorver todos os desenhos.

— Quer um binóculo de ópera para enxergar o espetáculo? — Ele disse, quando secou as mãos em um pano na pia e que depois colocou sobre o ombro.

— Convencido.

— Falo sério. Devo ter um binóculo aqui em algum lugar.

— Quantas tatuagens você tem?

— Por que você não começa a contar? Você não é uma bancária?

— Umas cem?

— Não.

— Mais ou menos de cem? — Ela apontou para o abdômen dele. — Quando elas se juntam assim, devo considerar uma tatuagem inteira ou várias?

— Pode considerar o que você quiser se continuar me olhando assim. Continue contando. — Ele flexionou o braço, sorrindo.

Simona riu por reflexo, desviando a atenção para o espelho que havia na mesinha de centro e se avaliou. Os seus brilhantes olhos escuros estavam com a maquiagem manchada. Ela se sentiu atropelada pela realidade de que *de fato* parecia uma noiva saindo de uma despedida de solteira, de ressaca e na chuva.

— Você mora sozinho?

— Sim.

— É daqui que você tirou dinheiro para seu ensaio que meu casamento estragou. Cris falou mais cedo sobre o aluguel que você usou para pagar o ensaio...

— Exatamente.

— Me ajude a encontrar um caixa eletrônico com leitura digital para te pagar.

— Ei, *brunetta*, relaxe um pouco. — Dio tirou uma caixa do armário. — O banheiro é ali, temos água quente. Fique à vontade, durma um pouco se quiser. Depois pensamos nisso. Você precisa se recuperar.

— Não tiro cochilos durante o dia, mas obrigada. Vou aceitar o seu conselho.

Simona foi até o banheiro e contemplou a caricatura de noiva em fuga que tinha se tornado: o cabelo preto mais volumoso do que nunca contornava seu rosto manchado de maquiagem derretida. Após lavar o rosto várias vezes, ficou mais confortável vendo seus olhos sem destaque, de um castanho baço abraçados apenas pelos cílios naturais e as linhas de expressão ao redor deles.

Olhou para o vestido rasgado e decidiu terminar o rasgo. Com pouco trabalho, apanhou a navalha que estava sobre a pia e apoiou um pé na privada. Cortou metade da saia, ficando com o tecido até os joelhos e arrancou a parte de cima, onde apenas o bustiê de renda creme que usaria para seduzir seu então marido segurava seu torso. Aquela era uma lingerie em que empenhou muito dinheiro e ficou satisfeita que lhe serviria como uma ótima opção de *cropped top* para aquela aventura.

Todo o sabor de rebeldia daqueles gestos era agradável. Sentiu-se uma adolescente de novo, ouvindo discos e estilizando seus jeans com a porta trancada do quarto. Sorriu para o reflexo natural e radiante no espelho, tentando se lembrar da última vez que se sentiu tão fiel a nada além dos próprios impulsos. Seu reflexo limpo de maquiagem, o *cropped* improvisado e o cabelo cacheado livre como a juba de um leão a alegraram.

De relance, viu a aliança de noivado quando penteou os cabelos com os dedos. Lembrou-se de Túlio.

Lembrou-se e se esqueceu. Saiu do banheiro antes que o rosto do noivo voltasse à sua consciência e ela se lembrasse de que estava em *um bairro* desconhecido *na casa* de um desconhecido. Abriu a porta e encontrou um par de tênis surrados na porta.

— Olhei o número do seu sapato, vai servir.

Roupa rasgada, um tênis e a cara lavada. Simona se sentiu mesmo com dezessete anos.

— Obrigada. — Ela segurou o tênis e o deixou em um canto, em seguida, sentou-se no sofá e suspirou. Dio a observou com o cigarro na boca consumindo a cinza, já na hora de bater no cinzeiro.

— Você está linda.

Simona respondeu com uma bufada.

— Melhor agora? — Ele perguntou.

— Sim.

— Se me permite — Dio se sentou à frente de Simona segurando uma caixa com itens de primeiros socorros —, vamos limpar os seus ferimentos enquanto você repousa os pés aqui. — Apontou para uma pequena bacia com cheiro de ervas. — Verbena é anti-inflamatório. Vai aliviar a sua dor.

Simona contemplou o homem mais tatuado e bonito que ela já tinha visto falando sobre cuidar dos pés dela e ficou alguns segundos catatônica.

— O quê?

— Tudo bem?

— Essa é nova… Você está tentando me persuadir? Ou me sequestrar? Trabalho em um banco, mas não tenho tanto dinheiro assim.

Dio revirou os olhos.

— Sim, esse é mesmo meu plano, como descobriu?

Simona riu.

— Posso?

Eles se encararam até Simona assentir lentamente.

Silencioso, Dio começou a cuidar dos ferimentos de Simona um por um. Primeiro tomou a perna da mulher que estava sem a meia e a guiou para a bacia, em seguida, colocou o outro pé dela em seu colo.

Sem pedir licença, Dio levou as duas mãos sobre o joelho da perna com a meia $7/8$ e, com gentileza, desatou a liga, deslizando o tecido até sair por inteiro. Cada centímetro de pele que ele tocava fazia Simona se aquecer repentinamente e se remexer no sofá. Inquieta.

— Está tudo bem? — Ele perguntou, segurando o calcanhar dela.

— Sim.

— Então fique quieta. — E colocou o pé dela na bacia. — Pare de se mexer.

— Suas palavras são ríspidas, mas seus gestos são gentis.

Ele a encarou com uma interrogação no rosto.

— Não sou ríspido.

— Não é, mas o que você fala soa ríspido.

Ele apagou o resto do cigarro no cinzeiro e apanhou um vidro com cheiro de álcool.

— Vai doer. — E pressionou a gaze contra a maior porção de pele ralada do joelho de Simona, que fez careta. — Mas você vai se curar.

Passaram-se alguns segundos enquanto Simona era tocada, com gentileza, pelos dedos tatuados de Dio. Ele molhava a gaze em um vidro e voltava para tocá-la, limpando com cautela cada ferimento.

— Odeio me machucar. — Simona disse, enquanto o observava.

— Que frase triste. — Ele estava focado.

Àquela altura, Dio estava com as pernas abertas e os joelhos de Simona roçavam na parte interna das coxas dele.

— As pessoas se machucam.

— É, mas eu não gosto.

— Tudo se fere, tudo precisa ser cuidado. Há dor em todo lugar, mas isso não é ruim.

Agora os dedos de Dio cuidavam da leve escoriação perto do calcanhar esquerdo dela, causado pelo atrito do sapato.

— E, também, não pode nos impedir de continuar a nos aventurar. Você já escalou uma montanha?

— Não!

— Deveria. — Dio a encarou nos olhos. — O braço, sim?

Simona ofereceu o braço ferido pelas unhas da cerimonialista.

— Apoie aqui. — Dio segurou a mão dela e a colocou em sua coxa. — Chegue mais perto de mim.

Simona tentou com tanta força não olhar para o rosto de Dio tão perto que nem mesmo se lembrou de gemer com a dor do álcool nos cortes recentes. Dio exalava um cheiro de cigarros e unguentos de verbena e Simona se sentia inebriada.

Após passar os remédios nos ferimentos, Dio segurou os dedos da mulher.

— Foi um belo soco.

— Ela desviou. — Simona fez mais uma careta quando Dio colocou um *band-aid* no grande corte que ela tinha em duas falanges.

— Mas se pegasse, ia ser letal, *brunetta*. — Ele levou os dedos aos lábios e os beijou. — Vai ficar bem agora.

A mulher vacilou a respiração por um segundo e eles se encararam.

— Você também se feriu nos lábios. — Dio apanhou um cotonete, segurou o queixo da mulher bem perto do seu e limpou o sangue seco do corte no canto da boca dela com água quente. — Realmente, uma pena, mas não acho que vai te impedir.

— Impedir? — A mulher não resistia e olhava diretamente para os lábios de Dio.

— De me dar um beijo. — Ele piscou com um olho e se afastou com um sorriso torto.

— Não me provoque assim. Não vê como isso é difícil?

Dio riu.

— Tão autoritária. — Apanhou uma toalha que havia deixado perto e a estendeu no colo. — Tão bonita.

Ele retirou os pés da mulher da pequena bacia e os secou, ainda olhando-a.

— Agora que seus ferimentos estão limpos vou cuidar dos seus pés.

— Você não precisa...

— Eu insisto.

Dio a olhava com tanta intensidade que Simona podia jurar que havia duas piras de fogo vivo dentro dos olhos dele. Essa sensação a fez sentir um calor no fundo da barriga.

— Sou noiva ainda.

— Vocês estão juntos há quanto tempo?

— Há quinze anos.

— Credo! — Dio fez o sinal da cruz, Simona o empurrou com o pé.

— Não diga isso!

— Se for para ficar tanto tempo com alguém que seja com o diabo.

— Retire essa blasfêmia! — Simona lhe deu outro coice na barriga com a ponta dos dedos do pé.

— Ora, que católica brava. Você nunca cometeu um adultério? — Dio ria enquanto massageava o pé direito dela com as duas mãos.

— Não sou casada ainda. Não tenho como ser adúltera sem um marido.

— Então está solteira?

— Não! — Dessa vez Simona foi dar outro empurrão, mas Dio a segurou com força pelo calcanhar. Ela revidou tentando se soltar, mas quanto mais força empenhava, mais o sorriso dele abria.

— Você nunca traiu seu maridinho?

— Não e não quero falar disso! — Ela se soltou e recolheu os pés para cima do sofá.

— Ei. — Dio buscou o calcanhar esquerdo outra vez e trouxe para seu colo. — Estou apenas querendo provocá-la. Eu quero um beijo seu e a raiva te deixa ainda mais gostosa, me desculpe se não consigo me controlar. Não vou fazer nada se você não quiser.

— O único beijo meu que terá vai ser na sua lápide, se continuar assim.

— Antes disso vou te beijar. Na boca e onde eu quiser. — Apanhou outro curativo e colocou sobre dois dedos do pé da mulher. Depois, subiu a mão pela panturrilha até as costas do joelho. — O outro pé, *brunetta*.

Simona o entregou e ele o acolheu com igual cuidado. Cada parte que Dio tocava fazia sua pele queimar.

— Terminei seus curativos. — Continuou. — Pode ir embora se quiser.

Se olharam longamente, até os olhos de Simona caírem no peito de Dio.

— *Io sono vivo*. Eu estou vivo.

— Um lembrete para quando eu me vir no espelho.

— Por que alguém precisa se lembrar de que está vivo?

Dio não parou o carinho gentil que fazia no peito do pé dela.

— É para saber que se machucar é prova de estar vivo. Assim como você, que não gosta de se machucar. Talvez porque não gosta de se lembrar de que está viva.

Os olhos pequenos dele desceram do rosto de Simona para as coxas, os joelhos e os pés. Simona não percebeu naquela hora, mas Dio a sorvia em pequenas porções com os olhos, como um coquetel.

— *Dreams*. — Ela continuou lendo.

— Quem não os tem?

— *Diavoli*. Essa combina mesmo com você.

— O diabo é o terror de toda boa menina católica.

Simona ergueu o pé e empurrou Dio na altura do peito, agora ele poderia ver debaixo do vestido dela.

— Não brinque com isso.

— Eu brinco com tudo. Brinco com o que você quiser.

Dio segurou o calcanhar de Simona e o levantou, colocando em seu ombro, e virou o rosto para beijar a panturrilha dela.

Simona se recostou no sofá.

— *Angelo*. Isso não é muito sua cara. — Ela continuou lendo as tatuagens do peito dele. Percebeu que sua voz estava ligeiramente fraca.

— Olhe para mim, eu pareço com um anjo. — Dio deslizou a mão pela parte de trás do joelho de Simona. — O diabo também é um anjo.

— O que quer de mim, Dio? Seja sincero.

— Quero ser o homem para te foder na sua noite de núpcias que não aconteceu. — E beijou outra vez a panturrilha dela para depois descer o pé da mulher até o chão lentamente.

Ele a encarou, esperando alguma resposta, mas Simona não encontrou palavras.

— Não sei explicar, mas me sinto muito atraído por você, *brunetta*. Talvez eu goste de noivas. Talvez você seja linda demais. Ou talvez eu seja um tolo.

— Nunca transei com outro homem. — Ela, dentro da onda de magnetismo dos gestos de Dio e da sua voz levemente rouca, tirou o pé do chão e o apoiou na coxa esquerda dele e depois, na virilha.

— Você não sabe o que está perdendo, *brunetta*.

O rosto dela era um misto de vergonha e desejo, resultando em bochechas coradas e lábios umedecidos de tanto mordê-los.

— Dio...

— *Brunetta*.

Simona pressionou o pé sobre a virilha de Dio e o observou fechar os olhos e franzir o cenho com um suspiro baixo escapando de sua boca. Aquela visão despertou todo o calor que ela sentia e que se aflorava em sua barriga e no seu próprio ventre. Observou os músculos cobertos de tatuagens de Dio se movendo enquanto ele respirava e as mãos dele, macias e grandes o suficiente para cobrir o rosto dela por inteiro.

Simona sentiu um poder que nunca tinha sentido antes. Sabia que tinha Dio em suas mãos, ou aos seus pés.

— Sou quase uma virgem. — Simona pressionou com mais força o pé sobre a virilha de Dio, já sentindo uma rigidez e o suspiro sôfrego dele.

Ela estava muito perto de arrancar tudo o que ainda vestia, principalmente sua aliança.

— Virgem sagrada. — Dio tirou o pé da mulher de cima de si e se ajoelhou à frente dela. Seus olhos estreitos agora estavam com as pupilas dilatadas e com um doce brilho de devoção. — Me abençoe, então.

Simona encarou outra vez os lábios grossos de Dio antes de se entregar neles. Ele a envolveu num abraço pela cintura, ainda ajoelhado. As mãos desesperadas de Simona o seguravam e envolviam pela nuca, pescoço e a cabeça, enquanto as dele a abraçavam com força, pressionando a cintura.

O beijo com gosto de cigarro era ainda austero e curioso, quase sedento demais para ser agradável. Até as línguas se arranjarem e se alinharem, as mãos de Dio já haviam levantado toda a saia da mulher e seu polegar já estava pousado sobre o sexo dela.

— *Brunetta...* — Sussurrou baixo quando soltou os lábios e a beijou no pescoço e no busto, os quais estavam à altura de seu rosto. Seus dedos cautelosamente estimulavam o tenro sexo de Simona, ouvindo sua respiração acelerar gradualmente. O que era um dedo se tornou mais um, e tudo ainda sobre o tecido da roupa íntima.

Simona o segurou pelo queixo e o beijou outra vez.

— Não pare. — Foram as palavras sôfregas que saíram dos lábios dela no meio de outro beijo. Àquela altura, Dio pressionava o tecido pela cavidade e a extensão do sexo. Em um momento, Simona parou de beijá-lo e o abraçou pelo pescoço, na suspensão silenciosa que o orgasmo causa. Após a arfada de Simona que Dio queria ouvir, ele parou o estímulo e a beijou na bochecha, fazendo carícias suaves em sua orelha..

— *Diavolo*. — Ela sorriu. — O que está fazendo?

— Estou acabando com você. — Dio a encarou, sentindo a umidade da mulher enquanto tirava a calcinha dela. — Devagar.

Simona se recostou no sofá outra vez e começou a desatar o bustiê, ficando apenas com a saia no meio da cintura. Algo nela a empurrava para o precipício de sensações que Dio causava e a queda era iminente.

Dio se ergueu, enquanto beijava a barriga e os seios da mulher e não demorou muito para despir a calça e vestir-se só com suas tatuagens.

Dio era um homem feito para não usar roupas e Simona só conseguiu pensar nisso quando o viu nu por inteiro a primeira vez recortado pela luz da tarde. Onde a pele não tinha tinta, brilhava pálida e rosada, pulsante, melada. As tatuagens davam forma aos músculos e articulações, realçando cada pedaço de Dio. Antes de se deitar, ele absorveu a nudez de Simona com os mesmos olhos famintos, buscando por onde começar o banquete.

— *Diavolo o angelo?* — Questionou, cobrindo lentamente o corpo da mulher com o seu. Segurou o pescoço de Simona e o projetou para trás para poder beijar toda a extensão dele.

— Diabo. Chega de anjos. Não quero mais nada sagrado hoje. — Simona arfou em algum momento.

Não demorou muito para que homem e mulher se atassem como o nó de duas cordas, no jogo intenso de posições em busca do encaixe perfeito. Dio não dava espaço para Simona se sentir confortável por muito tempo, tanto que ela não sentia a dor dos ferimentos, porque estava ocupada demais em receber Dio em seu corpo e não cessar de mover seu quadril para sentir cada fímbria de tudo aquilo, de todo o Dio.

Simona se sentia livre ali, sem nenhum tecido a envolvendo ou vendando seus olhos. A luz do dia era forte e iluminava cada pedaço dos corpos dela e dele, juntos, amassados um no outro, sem nenhuma vergonha. Quanto mais ela o apertava e beijava, mais era tomada pelo desejo. O suor e o calor os deixavam vermelhos e ofegantes, mas só lubrificava ainda mais a vontade dos dois.

Dio, em alguns momentos, a fazia diminuir a pressa. Sussurrava "calma, *brunetta*" a cada suspiro dela e não se contentava em ser o único a receber o prazer.

Acima de tudo, ele sorria o tempo todo. A face que até então estava sempre séria se transformou no delírio entre o sorriso safado e os lábios mordidos pela concentração no sexo. Quando estava virada para ele, Simona queria estar perto de sua boca, beijando-a com paixão ou respirando dentro dela.

Em um momento, já no chão, Simona se colocou em cima dele.

— Chegou a hora de contar todas suas tatuagens. — Ele riu quando a ouviu e apertou a pele do quadril dela — Uma, duas... três.

— Ah, não!

Quando o êxtase estava à porta, não quiseram mais levar o sexo na brincadeira deliciosa de adiar o fim, e os sorrisos contorceram-se em palavras sujas e gemidos mais altos, pedidos contínuos e lufadas de ar. Dio abraçou a cabeça de Simona enquanto seu corpo movia os últimos e pesados movimentos e a mulher enfiou as unhas nos músculos das costas do homem, acrescentando ali uma nova tatuagem, sua própria marca.

O apartamento se encheu com dois suspiros longos. Simona estava sentada sobre o colo de Dio no sofá, ambos com os cabelos pregados nas peles úmidas.

— Preciso de novos *band-aids*. — Ela mostrou seus dedos machucados com um sorriso.

— Faço novos curativos. — Dio beijou os dedos, as palmas da mão e o pescoço dela. — Quantas vezes quiser.

Se encararam, numa aura íntima, descabelados e ainda tentando respirar normalmente.

— Me pergunto como é a versão *angeli*.

— Me dá dez minutos e um cigarro que eu te mostro.

Simona riu e encostou a testa no peito de Dio. Ficaram longos minutos assim.

— Vem, *brunetta,* quero me deitar.

Se levantaram e, enquanto Simona despencou na cama sem se preocupar em se vestir, Dio acendeu um cigarro e se apoiou no parapeito da janela ao lado da cama, vendo o céu.

— A vista de Roma nunca foi tão bonita. — Dio se virou e Simona o encarava diretamente na virilha. — Como eu amo essa cidade.

Ele riu.

— Me dá esse cigarro.

— Pega outro.

— Quero o seu.

Ele chegou à beira da cama e ofereceu o cigarro. Simona o apanhou com a boca e ainda olhava para Dio e principalmente, para seus atributos.

— Deita.

— Quero ver você me olhar assim por mais um tempo.

Simona riu quando soltou a fumaça. Sorrir naquele momento parecia tão fácil. Rir era fácil, por que ela não vivia sorrindo? E por que parecia ter tanto tempo desde a última vez em que ela se sentiu tão bem daquele jeito?

— Exibido.

— É o que sou. Ainda mais para você.

Dio se deitou ao lado dela e a olhou.

— Você é muito gostosa.

— Você até que é bonitinho.

Ele rangeu os dentes e fez uma careta, enfiando o rosto no cabelo dela e roubando um beijo.

— Onde aprendeu a cuidar de ferimentos assim? — Simona questionou enquanto trocavam carícias.

— Eu queria ser enfermeiro. Minha mãe me ensinou algumas coisas.

— E por que não se tornou um? Você cuidou muito bem de mim.

— Não gosto muito de regras. Trabalhar num hospital seria impossível.

— Ainda pode trabalhar em clínicas menores. — Simona acariciou as ondas do cabelo dele.

— Eu gosto do meu trabalho com moda. Se não fosse por ele, não teria salvado uma noiva de uma harpia, nem a teria trago até aqui para fodê-la até a deixar bamba e arrependida de querer se casar.

— Como poderia ter me casado sem isso, não é mesmo? — E Simona voltou a olhar para a virilha dele.

Fumaram o cigarro até o fim, num silêncio agradável, e depois se aproximaram. Dio acolheu a cabeça de Simona em seu peito e a acariciou na têmpora até a mulher adormecer.

— Repouse, *brunetta*. Depois pensamos o que fazer com todo o tempo que temos.

— Ou o pouco que me restou. — A frase escapou da boca dela, baixinha.

Após outro cigarro que fumou sozinho, Dio adormeceu também e a claridade da janela não o atrapalhou.

TRASTEVERE 3

Vicolo della Frustra
6:40 p.m

Simona despertou de seu sono sentindo a bochecha colada no lençol do travesseiro com a sua saliva, assumindo para si mesma que devia parar de dormir de boca aberta. Colocou a mão na testa e respirou fundo antes de abrir os olhos, lembrando-se dos acontecimentos antes da prolongada soneca.

— Não durmo durante o dia. — Resmungou para si.

Ela se sentou, trazendo o lençol para cobrir a nudez e viu, pela janela, que Dio estava sentado, olhando para a paisagem de um céu escuro e vermelho que encerrava o dia em Trastevere. Com calma, sorriu e o contemplou.

— Dio. — Ela disse e o homem se virou. Ele usava uma camiseta surrada e calça de moletom preto.

— *Brunetta*. Está com frio? A noite caiu.

— Estou bem. — Ela deixou o lençol no chão e saiu pela porta de vidro, caminhando lentamente até ele.

— As horas voam.

Dio abriu os braços para recebê-la em um abraço demorado. Tomava-a pela cintura, enquanto Simona acariciava o topo da cabeça dele.

— Por que está tão calada? — Ele murmurou, depois de algum tempo.

— Não pensei em Túlio em nenhum momento.

— Você não precisa pensar no seu marido toda hora. — Dio apoiou o queixo na barriga dela e a olhou de baixo.

— Ele não é meu marido. Não casamos.

— Mesmo quando ele for, seus pensamentos não estão presos nele com um grilhão.

Ela esboçou um sorriso, que poderia ser até cansaço e ele fechou os olhos.

— Tudo é tão simples para você, não é?

— Não é fácil para mim.

Simona riu pelo nariz.

— Andar por aí, sendo bonito e tirando fotos, tendo total autonomia da sua vida, vivendo por alguns trocados...

Dio juntou as sobrancelhas e afastou a cabeça.

— Ouço muito isso.

— De quem?

— Todos me dizem isso. Minha vida não é fácil. Eu trabalho duro para me manter, tenho ambições, quero ser grande.

— Não quis menosprezar a sua rotina.

Ele se levantou.

— Foi o que você acabou de fazer. Minha vida é difícil. Viver é difícil. É sobre isso que é viver, é sobre não ser fácil para ninguém. Não importa para quem, nada será fácil. *Che cosa, brunetta.*

— O que é difícil para você? Você é jovem, é bonito, é homem! O que pode ser ruim?

Dio a encarou com uma frieza inesperada nos olhos e Simona começou a se arrepender do tom que usou. Não queria ofendê-lo, mas soube que foi o que fez.

— Tudo, *brunetta*. Respirar, caminhar...

— O respirar deve ser porque você é fumante, o caminhar, porque você comeu um sanduíche enorme...

Ela riu. Dio não acompanhou.

— Essa conversa não dá para ser com você. Não agora.

— E por que não? — Ela abriu o sorriso e tirou uma mecha do rosto dele.

— Porque você está pelada. — Ele apanhou um cigarro do maço com a boca. Seus atos eram impacientes. — E porque é rica, mora numa área nobre e tem um emprego num banco. Diga-me, *brunetta*, o que é difícil para você?

— Eu acredito que as coisas são difíceis porque na maior parte do tempo somos nós quem as complicamos. Mas outras... — Simona suspirou — são terríveis e não tem como mudar.

— O seu casamento você complicou fugindo dele ou a própria ideia do matrimônio já era difícil antes?

Simona o encarou e o sorriso perdeu a leveza nos cantos do rosto.

— Não sei muito bem o que me trouxe até aqui, mas sem dúvida *eu* que escolhi dificultar o meu casamento hoje.

— Será que você não pegou o caminho mais fácil? O caminho para fora do casamento idiota e do seu noivo idiota?

Os olhos de Simona ficaram molhados, sem que ela previsse isso acontecer.

— Não quero falar disso novamente. Suas frases estão me sufocando. — Ela virou o rosto e saiu pela porta de vidro.

— *Brunetta,* espere.

— Ser irônico e pagar de sabichão não é a maneira de me deixar confortável. — Simona atravessou o pequeno apartamento na busca de seu bustiê e a saia.

— Ser uma riquinha que acha que eu tenho uma vida simples e fácil de ser vivida também não é legal.

— Você é livre, Dionigi! Pode fazer o que quer.

— Você também pode. E fez. Você está aqui! É tão livre quanto eu.

— Não, eu não sou, porque eu tenho um trabalho de verdade. Tenho responsabilidade.

Os dois começaram a elevar e acelerar a voz. Simona se voltou para ele tampando os seios com o antebraço.

65

— Certo. Você está no topo. Eu estou no subsolo.

— Sim.

— Você quis me usar para escapar da sua realidade de dona de casa. É isso.

— Foda-se.

— Para onde você vai?

— Voltar para a igreja. Posso dizer que fui sequestrada.

Dio forçou um riso.

— Porque foi exatamente o que aconteceu.

— Vou pegar um táxi para Tor Di Quinto e vou embora.

— Então vá. Você já teve sua aventura comigo e teve o que queria. Já gozou na minha mão e dormiu no meu lençol, pode ir embora. Não era isso que você queria?

Surgiu um silêncio tenso enquanto Simona terminava de fechar o bustiê. Dio estava de costas para ela o tempo todo, virado para a janela.

— É, eu vou.

— A minha vida não é fácil. Nunca foi.

— E eu não sou rica e muito menos mimada.

— Não é o que parece. Você tem facilidade para me diminuir.

— Talvez seja porque você já se ache *um merda*.

A expressão de choque no rosto de Dio quando ele se virou fez Simona se sentir mal. Contudo, ela apanhou o tênis emprestado e saiu pela porta, sem fechá-la e sem olhar para trás. As lágrimas quentes que já inundavam seus olhos decidiram cair todas de uma vez.

Quando o sangue de Simona esfriou, ela percebeu que estava completamente *fodida*. Ficou andando por vários minutos — ainda com os pés doloridos — pelas ruas de uma Trastevere mais afastada de turistas. Não havia pontos de táxi por perto e quanto mais ela entrava dentro do bairro, menos se localizava.

Em algum momento, pensou ter ouvido uma voz chamá-la, mas não conseguiu identificar de onde vinha.

Mas que ótima ideia ficar perdida em Roma. Uma voz ecoou na sua cabeça, entre as várias que xingavam, gargalhavam e tentavam deixá-la ainda mais nervosa.

Ela virou uma esquina, mas não achou nada além dos paredões bege e cinza escuro que se estendiam por toda Trastevere noturna, com suas portas e janelas fechadas e pichações obscenas. Pela quantidade de pênis e palavras de 'culo' ela conseguia ver que estava andando em círculos e passando pelo mesmo lugar pela segunda vez.

O desespero já tinha aquecido sua pele o suficiente para secar as lágrimas que verteram por alguns minutos enquanto ela andava para fora da casa de Dio. Ela se sentia exposta, consumida pelos olhares das poucas pessoas que se perdiam naquele lado ermo do bairro, quanto à repreensão das próprias paredes, que pareciam julgá-la em silêncio. Sentia-se não só perdida no bairro, mas dentro de si mesma. Repensava decisões que nunca fez, frases ditas e, principalmente, pensava em cada pedaço do corpo de Dio.

Os músculos do peito, as mãos tatuadas tocando cada pedaço dela e os lábios macios e surpreendentemente suaves dele roçando pelo rosto dela e dizendo as palavras que Túlio nunca disse. Ele a tocou em locais que seu noivo (ex-noivo?) nunca a tinha tocado.

Em algum momento, entre lágrimas e apertos no ventre, ela se escorou em uma parede e se permitiu pensar em Dio sem restrição. Relembrou cada segundo das últimas horas e da sensação de descanso que teve ao acordar na cama dele, como se tivesse dormido por horas.

Perdida e angustiada, ela chacoalhou a cabeça, fazendo um acordo consigo mesma para se concentrar e encontrar uma saída.

Em algum momento, ela virou em uma nova direção e encontrou uma fachada neon avisando que era uma loja de cigarros, bebidas e algo que mais parecia...

— Cartões postais?

— Ora ora, a *bride on the run*! Bem-vinda!

Ela ouviu uma voz conhecida e um rapaz saiu de trás do balcão. Cris, o amigo de Dio que a resgatou da igreja, estava ali com a mesma roupa desde a última hora que o viu, mas dessa vez um avental estava amarrado em sua cintura e tinha um cigarro na orelha. Simona não poderia se sentir mais aliviada em vê-lo.

— Cris, não é?

— Já me esqueceu, *brunetta*? — O apelido, na boca de Cris, não era assim tão bom de ouvir quanto da boca de Dio. — Onde está Dio?

— Ele...

— Não me diga que ele te deixou sozinha aqui no bairro?

Simona desviou o olhar para os cigarros que ficavam atrás do balcão e para a geladeira de garrafas de água. Pegou um de cada.

— Ah, não *necessariamente*. — Ela abriu uma garrafa. — Você trabalha aqui?

— Não desvie o assunto, *bride*. — Cris apanhou o cigarro da orelha e o acendeu, fitando Simona e se escorando no balcão.

— Não, Dio não me deixou sozinha. — Ela colocou a garrafa já pela metade e o maço de cigarro de filtro vermelho sobre o balcão. — Quanto dá tudo isso?

— É presente. — Cris empurrou com a mão. — Tá muito parado hoje, você é a primeira cliente.

— Eu vou dar um jeito de te pagar... — Simona começou, mas a frase empacou. — E o Dio.

Cris tinha um olhar vago e as palavras mansas, Simona já tinha percebido esses traços. De alguma forma, naquele momento, o rapaz tinha captado algo nas entrelinhas.

— Vocês brigaram.

Simona suspirou. Pediu o isqueiro.

— Não...

— Eu conheço Dio há muitos anos, *carissima*, eu sei bem como é.

Simona sentiu metade do peso sumir de seus ombros, mas sabia que ainda tinha outra parte ali. Dio era mesmo complicado, mas ela não era também?

— Ah, eu não facilitei. — Ela pausou. — Acho que devo ir embora daqui. Voltar para Tor de Quinto.

Passou pelos cartões postais, não por interesse, mas porque queria fugir do olhar de raio-X de Cris em cima dos seus sentimentos.

— Vou pagar por todo dano que causei. Você e Dio serão ressarcidos.

— Você acha tanto assim que a gente quer qualquer grana sua? Que mundo é esse? Você fala disso desde a hora que te tiramos da igreja. Nem tudo é dinheiro, *bride*.

Os olhos de Simona flutuavam pela vitrine minúscula e manchada, que não captava nenhum movimento do outro lado. Se eram sete horas da noite em uma Roma movimentada, os ruídos não chegavam até ali.

— Tudo é dinheiro.

— Não mesmo. Quero dizer… — Cris fechou a caixa registradora. — É ótimo ter dinheiro, mas não podemos ser escravos dele, *eh*?

— Não existe isso.

— Sei que você é uma rica da cidade…

— Eu não sou esse tipo de gente! — Simona se virou, levemente irritada.

— Já entendi o que aconteceu.

— Mas também não sou uma mulher mimada que não se preocupa com dinheiro. Tudo aqui é dinheiro e se a gente não tem, a gente se fode. Essa é a porra do meu trabalho.

Cris ergueu as sobrancelhas.

— Vocês brigaram sobre isso.

— Não. — Simona foi até o balcão. — Na verdade, eu não sei por que saí de lá. Não me lembro mais. Acho que fui grossa...

Quando Simona tentava se recordar das exatas palavras, o rosto de Dio vinha na sua mente, junto de uma confusão de sentimentos.

— Então talvez faça sentido vocês conversarem.

— No fundo, eu invejo Dio. Ele não tem medo de nada. E hoje mais cedo... — Os dedos de Simona passearam pelo display de chaveiros em cima do balcão. — Ele me protegeu, ficou entre mim e a cerimonialista maldita... sem nem me conhecer. Ninguém nunca fez isso por mim. Ele tem uma vontade de viver, de *ser*... que eu não sei como ele faz. Nunca conheci ninguém tão dono dos próprios atos e das próprias ações. Sempre estive cercada de um bando de escorados, desocupados ou trabalhadores desesperados por... um dinheiro.

— Meu Deus! — Cris soltou o ar pelo nariz. — *Cavoli!*[3]

— É. *Cavoli.*

Cris não procurou o olhar de Simona porque ela parecia absorta demais em seus próprios pensamentos. Tanto que ela nem percebeu que eles não estavam mais sozinhos.

— Eu estou tremendo de medo desde a hora que acordei hoje. Mas quando estou com Dio, não tenho medo de nada. É o homem mais... destemido que eu já vi. E o mais bonito também. Talvez eu deva...

— Você não me conhece, *brunetta.*

Aquele era o jeito certo de falar o apelido dela.

— Dio.

Simona se virou e viu Dio na porta da pequena loja. Seu rosto estava iluminado pelo neon da fachada, indelével.

— Obrigado, Cris. Eu a estava procurando por todo o bairro.

— Guardei ela pra você, meu amigo. Agora vão resolver isso em outro lugar, vai.

---

3 Esse xingamento italiano pode ser traduzido como 'caralho'.

— Os cigarros...

— O Dio me paga depois. A gente se vê mais tarde, *bride*.

Ainda trêmula, Simona apanhou a garrafa de água e o cigarro e saiu, ficando ao lado de Dio. Ele sinalizou o sentido da rua e começaram a caminhar. A princípio, não falaram nada.

— Dio, me desculpe.

— Me desculpe por ter te chamado de mimada.

— Eu falei que você é um merda.

Ele agitou a mão no ar.

— Te procurei como um louco e você estava logo aqui.

— Me procurou?

— No minuto em que você saiu da minha casa. E, de alguma forma, desapareceu no ar. Cris me mandou uma mensagem assim que te achou.

Simona sentia alívio por estar ali ao lado de Dio, mas, ao mesmo tempo, seu corpo tremia.

— O quanto você ouviu?

— O suficiente.

Caminharam em silêncio.

— Eu tenho muito medo. De tudo. O tempo todo. — Dio soltou o ar.

— Eu não quis dizer que...

— E tive medo de perder você. De nunca mais te ver de novo. E tenho medo de estar sendo usado por você.

Simona o segurou pelo braço e ele se virou para ela.

— Então te achei. Você estava bem aqui.

— Dio, eu não deveria ter sido tão grossa com você. Espero que me desculpe. Eu quero terminar esse dia nos seus braços.

Dio estendeu os braços e Simona o abraçou.

— Eu...

— Você está o dia todo se engasgando com as palavras. Nem tudo tem que ser dito.

Dio enfiou o queixo nos cabelos de Simona, ela absorveu o cheiro que ele exalava, cada porção.

— Posso te levar a um lugar? Depois te deixo onde quiser.

— A essa altura eu iria a qualquer lugar com você.

— Eu vou te levar para sua liberdade, o que acha?

— E como vamos até lá?

— Vou levá-la no meu tapete mágico.

— Me rendo.

— Me beije, *brunetta*.

Ela mordeu o lábio e riu, sem se mexer, sem sair daquele abraço. Se esforçasse mais um pouco, conseguiria enxergar o próprio reflexo nos olhos pequenos de Dio.

— Me beija, *diavolo*. Antes que eu vá. Eu vou ter que ir embora em algum momento.

— Eu sei.

Carinhosamente, os dedos dela se enroscaram nas ondas do cabelo dele e os dois se juntaram em um beijo íntimo, um beijo dos amantes que já sabem o gosto da boca um do outro, mas que não se enjoam da sensação. Simona se sentiu em casa.

PICCOLO AVENTINO

Termas di Caracalla

8:51 p.m

Quando Simona cruzou a ponte sobre o rio Tibre e passou pelo Circo Massimo numa Ferrari Berlinetta GT 250, ela não pensou em seu noivo.

As fissuras do asfalto passavam rapidamente por seus olhos enquanto ela perdia-se em pensamentos. Em algum lugar de Roma, seu futuro marido estava como louco a procurando.

Ou ele estaria aliviado? Aliás, nem era seu marido.

Simona decidiu novamente que, daquele momento em diante, não iria mais pensar em Túlio e tudo o que ele representava, pensaria apenas em si mesma e na situação em que se inseriu. Pensaria em Dio e seu corpo nu que ainda estava estampado na mente dela, pensaria no sexo, pensaria em uma noite de folga, pensaria no próprio orgasmo que talvez tivesse sido o primeiro de sua vida.

Não queria ser a Simona banqueira de Nápoles naquele momento, ou a Simona noiva. Simona estudante. Simona católica.

Queria ser Simona. *Apenas* Simona.

Sua mão apertou a de Dio sobre o câmbio do carro, e ele olhou para ela, dando uma piscada.

— Dio, para onde você quer me levar? — Ela disse, quando ele parou em um sinal.

Dio reduziu o volume do toca fitas original.

— Para Caracalla.

— As ruínas?

— Eu e você. Confie em mim.

— Já estou nessa de confiar em você há algumas horas.

— Vamos lá.

Conforme se enfiavam entre os carros na hora do *rush*, na qual muitos romanos estavam pegando o trânsito evacuando a área metropolitana para voltar às suas casas após um dia de trabalho e outros caminhavam para aproveitar o início da noite no centro, Simona e Dio se aproximavam de uma das ruínas mais famosas da capital italiana.

Os Banhos de Caracalla preservavam paredes altas de tijolos de tom bege esfolados pelo tempo. Os pinheiros mansos que permeavam o campo verde separavam as ruínas da antiquíssima casa de banho do trânsito romano agitado.

— Está fechado a uma hora dessas.

— Para turistas, sim, para mim, não.

Simona sorriu enquanto Dio tomava um caminho pelo parque que se afastava da rua principal. Ela sabia que muitos jovens invadiam as ruínas espalhadas por Roma para fumar um baseado ou beber escondido, mas nunca imaginou que estaria no mesmo lugar do primo de dezesseis anos do seu noivo. Assumia para si que estava gostando de toda aquela adrenalina da estrada clandestina.

Quase como se estivesse tirando o atraso de alguma coisa que não fez durante a juventude. Estava sentindo o sabor de viver como Dio.

Dio estacionou o carro em uma viela ao lado da parte baixa da cerca. Ao descer, caminhou até o outro lado para abrir a porta para Simona.

— Para onde vamos? — Ela perguntou, rindo.

— Já invadimos um complexo histórico. Daqui em diante, podemos fazer o que a gente quiser. — Dio passou a mão livre nos cabelos, tentando baixá-los sem muito sucesso.

— Já vim aqui quando era criança. — Simona buscou na memória. — Mas não me lembro bem.

— *Brunetta*, é a segunda vez que a ouço dizer isso. O quanto de Roma conhece, afinal? Está me enganando?

— Meu pai... Ele me trouxe aqui uma vez, quando viemos à Roma por um dia. Ele era corretor de seguros... Eu acho que... almoçamos em Trastevere... Minha memória está me traindo, não me lembro mais de muita coisa.

Dio esboçou um sorriso calmo vendo o rosto em dúvida de Simona tentando se lembrar de tudo.

— Deus, isso deve ter muito tempo. Eu não me lembrava desta viagem...

— Seu pai estava no seu casamento?

— Não, ele morreu.

— Eu sinto muito. — Dio tocou o braço de Simona, de um jeito que já poderia ser considerado único.

— Parece até que ele quem me trouxe até aqui. Trastevere, Caracalla... Como se ele tivesse vindo morar aqui em vez de morrer em Nápoles.

— Qual foi o outro lugar que vocês foram?

— Eu não me lembro. Preciso perguntar para minha mãe. Ela ainda deve ter as fotos dessa nossa viagem. Meu pai estava a trabalho e me trouxe porque minha mãe estava doente em casa. *Em Nápoles*. 'Vamos passear na capital, *piccolina*', ele falava. — Simona sentiu um aperto no peito. — *La cittá piú bella del mondo.*[4]

Ficaram em silêncio por um minuto até que ela tocou os dedos de Dio, ainda sorrindo. Ela não percebeu, mas ao imitar a voz do pai, acabou falando no dialeto comum de Nápoles, que era pouco refinado perante o italiano de Dio. O rapaz, porém, entendeu tudo perfeitamente, sorrindo para ela.

— Como é bom estar aqui.

Simona percebeu que o riso de Dio era espontâneo, tanto que os olhos estreitos dele se soltaram como se estivessem mais à vontade. Dio, por um segundo, pareceu menos sério.

---

4 A cidade mais bela do mundo, tradução livre.

— Trastevere é o coração do mundo e Caracalla é a alcova do céu. — Dio apontou para as estrelas. — Vem, vamos olhar de perto.

— Ei, mas podemos ser presos por isso.

— Depois de roubar uma noiva da igreja, não tenho medo de um próximo crime. — Ele pulou a parte baixa da cerca e fez um aceno para ela fazer o mesmo. — Ou um pecado.

Simona olhou para os dois lados da viela e, sem pensar muito nas consequências, foi atrás.

Andaram pelas ruínas do pátio central, onde era projetada uma luz amarelada que permitia ver cada um dos tijolos que formavam as paredes. O azul denso do céu contrastava com as paredes que tinham até mais de cinco metros e davam a sensação de que foram projetadas daquele jeito desde sempre, construídas pela metade sem nunca terem um teto.

— Dá pra imaginar que tudo isso foi feito há mais de dois mil anos? — Simona sentia o pescoço doer de tanto olhar para cima.

— É estonteante. Sabe, quando eu cheguei aqui eu me perguntava se um dia me enjoaria de ver tantas ruínas em Roma. Hoje percebo que nunca vou me cansar. Olhar para tudo isso, todos os dias, é parte de mim.

— Túlio sempre disse que era um saco morar numa cidade com tanto pedaço de casa destruída. — Simona disse para si. — Que só veio a Roma para ganhar dinheiro.

Dio soltou a mão de Simona.

— Esta é a coisa mais idiota que um italiano poderia dizer.

— Ele é assim. Arrogante. — Simona baixou o olhar para ele. — Vamos dar uma volta?

— Não acredito como uma mulher como você quer se casar com um cara desses. — Dio segurou a mão de Simona de novo.

Simona tombou para o lado dele e lhe deu um soco fraco no ombro.

— Você fala como se quisesse se casar comigo no lugar dele.

— Eu quero. Vamos?

Simona riu.

— Dio, quantos anos você tem?

— Por que essa pergunta agora?

— Meu primo mais novo tem 16 anos e ficou de castigo por invadir as ruínas à noite. Meu primo não, é primo de Túlio… — Simona automaticamente desfez o sorriso. Era a segunda vez que citava o noivo e rompia a promessa que fez a si mesma de não pensar nele.

— Eu tenho 24.

— Você é só um garoto!

— Venha, pare com isso.

— Eu *sou dez* anos mais velha que você.

— E daí? Te comeria do mesmo jeito se tivesse 60.

Dio começou a correr, primeiro lento e depois, mais rápido, até soltar a mão de Simona. Ambos gargalhavam enquanto pulavam as cordas de isolamento das ruínas, pisando sobre os pisos de mosaicos intrincados e avermelhados ou pisando nas raízes dos pinheiros mansos.

Os passos dos dois e os xingamentos no meio das risadas causavam um eco prolongado nas paredes dos Banhos de Caracalla, projetavam sombras dançantes nos restos do edifício. As ruínas voltaram a ter movimento e conversa dentro de suas paredes e agora pareciam ter vida própria.

Chegaram numa área encantoada da construção e pararam. Dio se jogou no chão, ofegante, e Simona pulou em cima dele.

— Trégua, pelo amor de Deus! — Ele quase não conseguiu dizer, respirando fundo.

— Eu ganhei! — Simona ainda ficou em cima dele.

Ambos riram e ficaram um tempo em silêncio ouvindo suas respirações voltarem ao normal.

— Quantas leis estamos infringindo aqui?

— Várias.

— Como pode saber?

— Não sei. Sou bancária, e não advogada.

Dio riu e se virou para agarrar Simona contra si. No silêncio, contemplaram as faces suadas um do outro. Ele arrumou as mechas do cabelo ondulado dela atrás da orelha e se inclinou para beijá-la na bochecha.

— Por favor, não vamos falar nada... sobre isso. Quando falamos, eu perco a coragem. — Simona sussurrou. Dio continuou a afagando em silêncio.

Ainda respiravam fora do normal, mas, naquela posição, Simona conseguia sentir o coração de Dio batendo acelerado perto dela e seu próprio estômago congelar quando ele levou a mão para sua lombar e deslizou suavemente até os fechos do bustiê.

— Não vou falar. Você sabe o que faz. — A beijou outra vez perto da orelha.

— Dio. — Simona sentiu o aperto na garganta. — Você disse que tinha medo de estar sendo usado por mim...

— Está tudo bem se você estiver.

— Não estou. — Simona o encarou, se apoiando no peito dele. — Estou num momento completamente novo para mim, mas a única coisa que sei até aqui é que eu nunca te usaria desse modo.

Dio levou as mãos para o topo dos ombros dela.

— Sejá lá o que estiver fazendo, *brunetta*, eu parei de me preocupar. Agora, tudo o que eu quero fazer é te ver gozar outra vez.

— Eu não sei sobre amanhã...

— Temos o hoje. Podemos aproveitá-lo ao máximo. — Dio subiu uma das mãos para a nuca dela e a encarou com os olhos brilhando de vontade de receber um beijo. — Você não estará sozinha.

— Seja o que for, eu quero ser livre assim. Quero ficar com você.

— Você é livre. Você está viva.

— *Eu Estou Viva.* — Simona sorriu, se lembrando da frase no peito de Dio. *Io Sono Vivo.*

Sim, ela estava viva. E cada pedaço do seu corpo ardia de vontade de viver.

Ela viveu essa vontade se abrindo para receber um beijo de Dio e envolvendo-o pelo pescoço. O toque de ambos aquecia, ansioso pelo corpo, pelo lugar proibido e pelo céu claro.

À meia luz amarelada das construções, fizeram amor outra vez. Com as roupas pela metade e o prazer por inteiro unindo os dois corpos com o fervor que só a brevidade de um amor inesperado e a redescoberta do livre arbítrio podem causar.

Dessa vez, falavam os nomes aos sussurros. Não teve *brunetta* ou *diavolo,* apenas Simona e Dio. Íntimo, mais rápido e com a corrente elétrica da adrenalina de serem pegos a qualquer momento. Toda a atmosfera inflara seus sexos e os lançou num manancial de torpor que nenhum dos dois esperava. Orgasmos livres, sem pressão do tempo ou medo. Em um momento, Simona segurou a cabeça de Dio contra seu peito e murmurou com os lábios no couro cabeludo dele.

— Não quero que acabe. Não permita acabar.

— O quê?

— O que estamos fazendo é perigoso para mim. Eu nunca me relacionei com outro homem. Túlio é meu primeiro namorado. Não sei o que é me afastar de quem... *gosto,* porque quem eu gostei sempre esteve comigo. Sou inexperiente nesse assunto.

Simona falava apressada e tremia os ombros, mas Dio não fez nenhum comentário a respeito. Afagou a morena em silêncio.

— Onde você estará amanhã?

— Em Trastevere. Sempre. Se um dia me perder, vai me achar lá.

— Preciso fazer as malas e voltar para Nápoles, aceitar um emprego em um banco de menor porte... morar com minhas tias.

— Você não precisa pensar no futuro hoje.

Simona sentou-se, os ombros caídos.

— Roma é um sonho delicioso. E eu vou acordar.

De repente, ouviram um apito. Simona se levantou com pressa e Dio a seguiu, abotoando os botões da camisa nas casas erradas. Não demorou até sentirem um feixe de luz na direção deles.

— Seja como for, não é agora que você acordará.

— Ei, parados aí! — Mal ouviram a voz do segurança, apanharam a jaqueta no chão e um pé do tênis que Simona usava e saíram com pressa.

— Ai, *merda!*

Dio puxava Simona pela mão e corriam como nunca. Passaram pelos pinheiros e voltaram para a estradinha clandestina atrás do parque, onde o carro estava. Entraram de qualquer jeito, Simona mal tinha conseguido baixar a saia de seda.

Foi só quando pararam em um sinal que Dio percebeu que Simona gargalhava. E riu junto.

— Dá pra acreditar? A gente transou em Caracalla. — Ela ria. — Para onde vamos agora?

— Desistiu de voltar para Tor di Quinto?

— Nós temos o hoje, não é?

MONTE TESTACCIO

Via Zabaglia

10:02 p.m

Dio e Simona desceram em um estacionamento, onde ele deixou o carro. Dali onde estavam, sentiam o cheiro do rio Tibre a alguns quarteirões de distância, misturado ao cheiro de carne fresca, damascos torrados e comida de rua que vinha da feira livre que já fechava suas barracas. Dio contava a Simona a história da colina que se erguia ali perto, feita de um acúmulo secular de ânforas de azeite que se condensaram e formam o monte.

— Ainda existem pedaços de ânforas com cheiro de azeite. No verão, é possível sentir o cheiro muito forte de azeitonas.

— Um grande lixão a céu aberto.

— Pense nos trabalhadores. Carregavam nas costas várias ânforas pesadas de azeite para depositar o líquido no barco estacionado no Tibre. — Dio apontou para um pedaço do rio que era visível. — Estavam cansados. Eram obrigados a carregar essas ânforas de barro de volta? Que nada. Arremessavam aí e pronto.

Simona riu vendo Dio fazer o trajeto com os dedos.

— Que solução mais romana para os problemas.

— *Ei!* — Dio ergueu o indicador e depois beijou a bochecha de Simona. — Venha, vamos comer algo antes dos *drinks*. Acho que ainda está aberto…

Passaram no meio dos rastros de uma da feira livre, com as estruturas de metal sustentando as tendas fechadas, alguns restos de comida no chão e poucas pessoas por ali. Dio correu até uma barraca com luz acesa e cumprimentou os dois homens que já juntavam os utensílios para partir.

— Que tal uma pizza? — Indagou, olhando Simona por cima do ombro.

— Com certeza!

Em poucos minutos, após muita persuasão de Dio para convencer os dois comerciantes a esquentar os últimos pedaços de pizza, saíram da feira comendo, com os dedos sujos de óleo e orégano, dois pedaços quadrados de pizza, uma com muçarela tradicional, muito manjericão e molho sugo, e a outra uma deliciosa combinação de puntarelle e burrata, temperada com pimenta preta e branca, ambas enroladas em um papel manteiga já engordurado. Dio buscou uma Coca numa máquina ali perto e se escoraram no carro.

— É muito bom, não é?

— É muito bom.

— Esse pedaço deve ser de umas dez horas atrás, mas ainda é uma delícia. Sempre venho aqui comer antes de sair.

— Não gostaria de trazer este assunto, mas... a pizza é boa, mas não é a napolitana.

Dio riu.

— Olha só, você falando mal *da minha pizza* depois de comê-la inteira! Por que não falou antes?

— Eu estava com fome! — Simona riu e limpou as mãos na barra do vestido já surrado. Um hábito incomum, mas ela estava fora da zona de conforto. Até aquele simples ato despreocupado e distante da sua etiqueta a deixava pensativa.

— Ei, vou pegar outra Coca.

— Por que será que eu sabia que você estaria aqui, hein, Dionigi Di Laurentis? Com o meu carro, sem me avisar!

Dio olhou para trás e viu Cris se aproximar com um grupo de pessoas. O amigo moreno de Dio abriu um sorriso grande ao cumprimentá-los com abraços fortes e apresentando os amigos.

— Que bom que vocês se entenderam. — Ele sussurrou para Simona quando a abraçou.

Os amigos de Cris e Dio se pareciam com a dupla: bonitos e extremamente bem vestidos com bolsas de marca e sapatos plataforma.

Simona imediatamente se lembrou de que não estava com sua melhor roupa: Havia jogado nos ombros uma jaqueta *bomber* do time de Roma sobre os ombros (que encontraram no porta-malas do carro a qual cheirava a maconha), usava os tênis de Dio (sujos com a terra de Caracalla) e o cabelo armado (por causa do laquê e das horas de sexo casual).

— Estávamos indo para a boate, vi sua mensagem.

— Já estamos a caminho também, paramos para comer.

Cris riu e abraçou Simona pelo ombro.

— Te cuida, *caríssima bride on the run*, Dio é a pessoa que mais conhece lugares para fazer uma boa refeição em Roma. Às vezes, tenho que negar seus convites se quiser manter meu peso. — E passou a mão pelo abdômen liso coberto de tatuagens embaixo da camiseta.

— Cai fora. Encontro vocês lá.

— *See ya!* — Cris saiu rindo abraçado a uma das moças do grupo, cantarolando e bebendo um whisky diretamente da garrafa.

— Não me importaria de ganhar uns quilos. Nas últimas semanas me mantive numa dieta ridícula para caber nesse vestido.

— Você não precisa de nada. É linda. Eu vi cada pedaço seu e, agora, posso dizer com propriedade.

Simona sorriu, calma. Dio colocou um cigarro na boca e a acariciou na bochecha. Simona se virou para beijar a mão dele, agora com cheiro de manjericão.

— Hey, você está limpando a mão em mim? — Ela bateu na mão dele quando percebeu.

— Não! — Ele tentou avançar no rosto dela outra vez e ela desviou, esfregando as mãos na camisa dele.

Em algum momento, no meio da risada, Simona suspirou. Tudo com Dio era de uma leveza extrema. Só havia peso quando ela pensava em Túlio.

E como nunca teria uma experiência como aquela, porque Túlio carregava lenços umedecidos no paletó sempre que ia a um restaurante.

Túlio passava suas camisas duas vezes de cada lado.

Túlio nunca comia nada que tivesse glúten.

Dio, percebendo a hesitação no semblante de Simona, beijou as mãos dela e se levantou, finalmente acendendo o cigarro que colocou na orelha.

— Vamos, *brunetta*. Lavamos a mão em uma fonte aqui perto.

Entre o *beat* envolvente da música, a transpiração dos corpos dançantes e os flashes de luz, Dio e Simona bebiam martinis e vodkas enquanto pulavam e dançavam.

Ao entrar na boate, o que foi fácil para Dio por ser um modelo que já fez trabalhos para o estabelecimento, Simona temeu por ter olhares julgando o tênis mal combinando com sua roupa improvisada. Os pensamentos rapidamente se dissiparam quando Dio a envolveu pela cintura e a beijou no meio da pista de dança. A corrente elétrica do ato e a deliciosa atonia que o álcool causava, combinados com a visibilidade prejudicada pelo gelo seco compunham uma sensação de despertencimento completo. Ou, talvez, um pertencimento a si mesma jamais experimentado por Simona. Naquele momento, sentiu que nunca havia sido tão sincera e tão presente.

Existe pouco a ser falado sobre uma boate, pouco a ser descrito. O interior não muda muito de cidade para cidade. A música e os arrepios na pele de quem a ouve são autoexplicativos, principalmente quando alguém dança sorrindo com alguém por quem tem um carinho imenso.

Em um momento, o neon iluminou os cabelos de Dio e Simona o contemplou, depois o puxou para um beijo com gosto de cigarro e vodka quente. No meio de tanta gente, se apertaram um contra o outro e sentiram-se incinerados.

— Se diverte, noiva em fuga?

— Sim, *diavolo*. Você conseguiu. Me afastou de tudo até eu me encontrar.

— O quê? — Ele disse.

Simona colou os lábios na orelha dele e sorriu.

— Obrigada.

Ele a apertou mais contra si, segurando-a na cintura e na nuca, e voltou a beijá-la. A música não parou por nem um momento – e nem eles.

Os amigos de Cris e Dio acolheram Simona imediatamente. Saindo da pista de dança, eles ficavam escorados no balcão de bebidas e trocavam cigarros, bebidas e até beijos. Uma mulher beijou Simona, seguida de um outro homem, de braços muito rijos e com um beijo mais babado que o de Dio. Foi a primeira vez que beijou uma mulher e, ao fim, quando a bela loira se afastou, Simona tocou os lábios e sentiu as faces queimando em um fogo inédito.

— Se divertindo? — Dio sorriu largo, com um cigarro na orelha e uma taça de *sex on the beach* na mão.

— Sim... oh meu Deus, o que acabei de fazer?

— Beijou a Niccola e o Louis. — Ele abriu o sorriso. — Qual dos dois gostou mais?

Simona sentia-se muito quente e com dificuldade para respirar. Em outras palavras, estava com tesão.

— Dio, desculpa, eu beijei duas pessoas na sua frente... Meu Deus.

Ele riu e a segurou.

— Foi bom ou não? Foi você quem quis, certo? Eles são meio atirados, mas...

— Me sinto num baile do Calígula...

—Você quer ir embora? — Ele a segurou pelo rosto.

— Não! — Ela riu. — Foi bom... mas foi estranho... Nunca beijei tantas pessoas...

— O quê, seu marido foi o primeiro homem que você beijou?

— Não!

Simona bebeu um martini que alguém lhe deu. Talvez fosse a Marisa, com um toque prolongado na mão dela. Sua visão estava um pouco turva.

— Ele foi o segundo. Beijei pela primeira vez meu colega da quarta série, nós fazíamos catequese na mesma igreja.

Dio ergueu as sobrancelhas, segurando o riso.

— Ah, *brunetta,* você me fascina. Se isto é um sonho, eu posso assumir que estou apaixonado por você.

Se olharam pela luz esfumaçada azul e vermelha, um olhar longo que, mesmo com a música, poderia durar dois segundos ou uma hora. O mesmo olhar que amantes íntimos compartilham quando estão com um grupo de amigos numa conversa telepática, que ambos se entendem. Naquele diálogo só dos dois, uma coisa ficou muito clara para Simona: também estava apaixonada.

— Acho que você gostou da Marisa... — Ele riu.

— Não, eu gostei de você, Dio. — Ela virou o martini e o abraçou. Beijaram-se no balcão até Cris interrompê-los e os mandar para a pista de dança outra vez.

Todo o circuito da conversa no balcão, mais bebidas e pista de dança se repetiu, mas a boca de Simona não encontrou outro rumo senão os lábios cheios de Dio. Até os copos de martini e *sex on the beach* foram esquecidos, juntos com os cigarros.

— *Brunetta*, se a gente continuar assim, não vamos aguentar. Está pensando o mesmo que eu?

— Quero transar a noite inteira com você. — Ela disse e dessa vez ele ouviu e ela não precisou repetir.

Não deu dez minutos e já estavam caminhando do lado de fora da boate, que ainda tinha fila, cambaleando não só porque beberam, mas por andar muito abraçados.

— E a Ferrari?

— Ah, amanhã eu a busco para Cris. Estamos a poucos minutos da minha casa. Vamos andar.

— Não acredito que você roubou o carro de Cris.

— Não é dele. É da mãe dele. Ela aluga para fazer passeios turísticos.

Simona riu.

— Eu aluguei um desses para chegar na igreja. Mas, de alguma forma, marquei na hora errada.

Dio riu, acendendo um cigarro.

— Que bom que fez isso. Porque foi o que te trouxe até mim.

— E eu faria a mesma coisa de novo. — Simona devolveu o sorriso.

Caminharam olhando o céu, rindo de nada em específico e fumando os mesmos cigarros. A noite romana de uma quinta-feira agitada ainda estava ativa nas primeiras horas da madrugada. Carros passavam pelas ruas do centro histórico metropolitano e várias barracas de comida de rua estavam com clientes.

Passaram por praças, contornando o Tibre e suas margens com calçadas de tijolo batido tradicionais, sentindo a brisa gelada contra as bochechas rosadas. Atravessaram a Ponte Sublicio até a Porta Portese.

— *Benvenuta a casa.* — Dio disse e a beijou na testa. Depois da caminhada sentiam-se menos cambaleantes e, mais do que nunca, tomados por um cansaço crescente.

Simona fechou os olhos longamente e os abriu, contemplando Trastevere noturna. Tão belo quanto de dia, o bairro à noite perdia seu tom alaranjado para um soturno tom de azul do céu e amarelo dos postes tradicionais. O silêncio da madrugada era encantador.

— É um bairro velho. As pessoas dormem cedo. Acordam cedo.

— Ainda sim, é lindo.

— Dá para ouvir os sons de Roma inteira aqui. Os carros, o vento nos pinheiros, os ecos de Caracalla, a água do Tibre.

— Seu coração é feito disso, não é? Feito de Roma. — Ela tombou a cabeça no ombro dele e ficou o olhando contornado pelo céu avermelhado que anunciava uma chuva de verão.

— Talvez eu nunca tenha sido descrito de forma tão exata. — Ele esboçou um sorriso.

Viraram uma esquina numa das vias que Simona conseguia reconhecer. Se aproximavam da casa de Dio a cada passo e viram uma luz acesa.

— Dariush aberto a essas horas? Tem algo estranho. — Dio comentou ao ver um carro preto parado em frente ao pequeno restaurante.

Ele explicou que carros raramente chegavam até a praça, porque as vielas eram estreitas e sempre muito movimentadas por pedestres.

Simona sentiu um aperto no peito quando viu dois homens de terno sentados na pequena mesa do comerciante árabe, que se encolhia atrás do balcão com medo nítido. Quando um dos homens se virou, Simona o reconheceu de imediato.

— Ora, ora, se não é a Martaci. — O homem disse e os outros se viraram.

Simona parou de caminhar, Dio a abraçou pelo ombro.

— Dio, acho melhor você ir.

— Não vou a lugar nenhum, esta é a minha casa.

— São os primos do meu noivo. Não sei como chegaram até aqui.

TRASTEVERE 4

Vicolo della Frustra
02:37 a.m

— **Dionigi, que bom revê-lo.** — Quem quebrou o silêncio foi Dariush, ainda encolhido atrás de seu balcão.
— Olá, Dariush. *Cavalheiros.* — Cumprimentou os homens com o olhar, mas os outros tinham tanto desprezo nos olhos que torciam a cara ao encará-lo.
— Olá, Matteo. Você me achou. Agora pode ir embora.
Matteo, o menor deles, sorriu.
— Você volta com a gente.
— Tenho como voltar sozinha. A hora que eu quiser. E não será agora. Muito menos com vocês. — As frases muito pontuadas desafiavam a coragem a que o álcool no sangue de Simona inclinava. Estava em uma zona de total desconforto, pois nunca precisou brigar com ninguém, tirando a cerimonialista algumas horas atrás. — Irei amanhã. Seja lá o que vieram fazer aqui, já podem partir.
— Foi o padre quem deu o endereço desse *culattone* coberto de rabiscos... Disse que é um *modelo* que iria tirar fotos. — Matteo gargalhou, seu tom ridicularizava Dio.
— Dio é meu amigo. Tenham respeito!
— Respeito. Uma palavra que você não conhece. Fazer um Benevento passar a vergonha que passou! Você é uma verdadeira *stronza*.
— Túlio e eu vamos resolver nossas coisas só entre a gente. Não tem nada a ver com vocês. Agora vão embora! — Simona ergueu a voz e não soltou a mão de Dio que estava calado.

— Nada mais que uma *puttana*. Não sei o que meu primo viu em você. Magra demais, sem bunda e sem peito. Ele teria conseguido melhor em qualquer outro puteiro.

— Cala a boca, *saco di merda!*

Muito rapidamente, Simona soltou-se de Dio e deu um soco na boca de Matteo. O homem foi pego pelo susto e não viu o tapa que ela desferiu logo em seguida antes de ser agarrada pelo outro homem e colocada longe de Matteo.

Dio, contudo, arrancou um canivete do bolso e apanhou a cabeça de Matteo com o antebraço e deixou o canivete muito perto da orelha do homem.

— Se ameaçar Simona outra vez, eu te mato. Se afaste!

— Faça o que ele pede.

Um novo homem surgiu na cena. Muito esguio, usando um terno de boa costura com o colarinho afrouxado e olhos inchados. Ele vinha dos fundos da loja, secando as mãos em um lenço, que cuidadosamente voltou para o bolso. Tinha cabelos escuros lisos.

— Túlio. — Simona suspirou, quando a soltaram.

— Olá, *caríssima*. Senti sua falta hoje.

Simona não o olhou por muito tempo. Voltou a encarar Dio, que tinha a expressão impassível segurando o pescoço de Matteo.

— Pode soltá-lo, Dio. Por favor. Não corro perigo.

Dio obedeceu e deu dois passos para trás. Matteo curvou-se tossindo.

— Temos muito o que conversar. — Túlio completou a distância até Simona. — Por que não vamos embora e nos falamos no carro?

Ela suspirou e olhou para Dio, que ainda não expressava nenhuma reação.

— Eu te encontro amanhã, pode ser? — Simona disse, olhando os olhos escuros do noivo. — Não quero ir embora agora.

— Você sabe o quanto eu te amo? O quanto nosso destino está selado para o dia de hoje?

Simona suspirou outra vez.

— Agora não, Túlio, por favor.

Simona jurou ter visto nos olhos do noivo algumas lágrimas.

— Eu disse que essa *puttana* ia dar trabalho!

— Calado, Matteo.

Dio voltou a agarrar Matteo pelo colarinho, mas durou apenas até outro homem agarrá-lo pela cintura e o afastar.

— Não! Soltem-no *agora!*

Simona passou por Túlio sem olhar para trás e tentou alcançar Dio, mas Matteo desferiu dois socos na boca e um no estômago dele enquanto o outro homem o segurava com os braços para trás. Simona o alcançou e ficou entre ele e os outros.

— Ele não tem nada a ver com isso! Pare imediatamente! *Pare!* — Ela gritou e empurrou Matteo pelo peito.

O homem soltou Dio, que caiu no chão com a mão na barriga.

— Vocês são uns idiotas… pensaram que usar a força iria me levar de volta? Eu os odeio… — Simona gritou com tanta raiva que deixou as mãos com os punhos fechados, pronta para bater em quem fosse necessário.

Matteo ameaçou ir na direção dela, mas Túlio colocou a mão para impedi-lo.

— Vá embora, Simona.

Quando ela ouviu, não acreditou. Então olhou diretamente para o rosto de quem falou.

— Você não pertence a este lugar, se enxergue. Vá embora. Não volte mais. Não é bem-vinda aqui.

Dio cuspiu uma bola de sangue como se fosse o ponto final da frase, a olhou com tristeza e dor, ainda com a mão na barriga. Os homens riram.

— O rabisco não quer mais a porca *puttana*. — Matteo riu com o outro homem. Um dos dois chutou as pernas de Dio, mas Simona não viu quem foi.

— Parem!

— Vá embora daqui. — Dio suspirou, se encolhendo no chão.

— O rabisquinho ficou sem peitinho...

— Já chega! — Túlio falou alto. — Vamos embora.

Simona estacou no chão. Túlio a apanhou pelo braço e a empurrou na direção do carro estacionado do outro lado da praça.

Ainda incrédula, ela olhou uma última vez para Dio no chão, sendo amparado por Dariush. Até que ele gritou:

— *Vá embora!*

Ela teve forças para dar as costas com o grito. Tirou a jaqueta e o tênis e os jogou no chão. Chorava copiosamente, sem abrir os lábios.

— Você está cheirando mal. — Túlio e ela estavam no banco de trás.

— Eu não quero conversar.

— Você sabe que precisamos nos casar.

— Não serei a esposa que espera, Túlio.

— Não tem problema. Eu a perdoo por ter fugido. Eu a amo. Seremos felizes aqui em Roma, já temos nossa casa...

— Não quero seu perdão. Não tenho nada para ser perdoado.

— Pense nos presentes, na nossa casa nova. Tudo o que você sempre quis.

— Eu nunca quis essas merdas. Enfie tudo no *olho do seu cu*.

— Além de adúltera, ainda solta blasfêmias! — Disse Matteo no banco da frente e Simona piscou os olhos longamente.

Ela olhava os carros do lado de fora. Roma que outrora parecia mágica e bonita, agora era cinza. As lágrimas ainda pingavam de suas bochechas para o colo.

Túlio tentou tocar a mão dela, mas a retirou antes que se encostassem.

— Eu prometi para minha avó que nos casaríamos na Basílica Ara Coeli...

— Isso é problema seu.

— Cala a boca, *puttana*.

— Cala a boca você, Matteo! Você não tem nada a ver com isso!

— Suas tias partiram, voltaram para Nápoles. Você pode ficar no quarto delas no Nazionale. Sua mala está no porta-malas. — Foi o que Túlio disse e não conversou mais com Simona.

Quando desceu na porta do hotel, descalça e com uma única mala, Simona sentiu-se muito só. Túlio a ajudou a levar a mala até a porta do hotel e ficou em sua frente.

— O que fiz de errado, *bella*?

— Isso não tem a ver com você. Isso... não é o que quero.

— Volte. Ainda é tempo. Podemos nos casar mês que vem, a festa, o bolo...

— Eu prometo que voltamos a conversar, só não hoje. Só não agora.

Simona, pela força do hábito, envolveu o noivo em um abraço e ele retribuiu, com o aperto forte e chorou tremendo os ombros.

— Eu a amo tanto. Não seja tão ruim...

— Você vai conhecer outras pessoas. E vai se casar com alguma delas.

— O que eu fiz, diga-me, Mona, o que eu fiz? — Ele segurou o rosto de Simona com as mãos enquanto chorava. O coração de Simona partiu-se com a imagem do rosto do noivo aos pedaços. — O que eu não tenho que você quer tanto? Que precisou buscar em Trastevere?

— Já tivemos nosso tempo. Agora, quero o meu. Sozinha...
— Ela tirou a aliança de noivado e a entregou, fechando os dedos de Túlio em cima do pequeno objeto. — Eu te amo, meu amor, mas agora apenas como um bom amigo.

— Como pode me amar ainda?

— Eu amo.

— Eu a amo como minha esposa.

— Você feriu o meu... *amigo*.

— Matteo pode ser um pouco violento, mas só está estressado. Estamos a procurando desde o casamento. Revirei Roma de ponta-cabeça.

— E você ainda o defende!

Túlio apertou a aliança nas mãos, olhou por cima do ombro de Simona e viu os funcionários do hotel assistindo o show pelo outro lado da porta de vidro.

— Prometo te procurar daqui uns dias. Conversaremos melhor.

— Você prometeu me amar. Não sei se acredito mais nas suas promessas. — Ele limpou os olhos com as costas da mão e deu alguns passos para trás até olhar Simona mais uma vez antes de entrar no carro e partir.

Simona ficou observando o carro e depois olhou para os próprios pés descalços, doloridos e ainda com os curativos de Dio. Pegou a mala e entrou no Hotel Nazionale Roma, pensando se aquela mala e seu conteúdo era tudo o que tinha na vida naquele momento.

MONTECITORIO

Piazza de Monte Citorio

03:45 a.m.

Um banho e uma garrafa de conhaque iniciada não foram o bastante para Simona relaxar sob as cobertas de bom algodão do Hotel. Rolou por vários minutos entre os lençóis até que acendeu a luz e apanhou o celular. Descarregado. Ela arremessou-o contra a poltrona e abriu a mala, tentando encontrar sua bolsa, e lá dentro achou um pedaço de papel.

Seus dedos vacilaram, embriagados, até que ela conseguiu discar um número e chamar. Uma voz a atendeu com um inglês com sotaque.

— Chiara Martaci, *please*. — Ela pediu. Ou implorou.

— Senhora Martaci não se encontra no momento.

Simona gritou no telefone e o desligou. Gritou no travesseiro, esmurrou-o com os punhos e a cabeça até adormecer, exausta, só depois de chorar tudo o que sentia.

Simona passou dois dias em Roma, esperando sua mãe retornar a ligação. O quarto de hotel era pequeno para ela e sua ansiedade, então passou boa parte do tempo vagando pelas praças do bairro, decorando mentalmente a formulação das vidraças das lojas e memorizando o nome dos garçons que a serviam.

Fez suas refeições nos restaurantes da região, a qual era sede do parlamento italiano e por isso muito movimentada por políticos e oficiais de justiça. Ela, com as poucas roupas que tinha na mala, se vestia de forma neutra e corriqueira, como se todo dia fosse feriado. Tomava café, sorvete e drinks de Aperol como se estivesse a passeio.

E estava. Durante todos aqueles anos, ela estava como turista em sua própria vida. E cada pedaço dessa sensação de impermanência a assomou pelos dois dias em Montecitorio.

Durante esse período, ficou pensando nas horas que se passaram depois do seu casamento fracassado.

Quando fechava os olhos, via Dio, nu.

Quando fechava uma segunda vez, via seu noivo, chorando.

E, quando os abria, estatelando as pálpebras para se lembrar que estava viva, via a si mesma. No reflexo do aparador, no espelho do banheiro, na superfície lisa da mesa de jantar, na tela desligada do seu celular. A imagem dos amantes podia desaparecer e reaparecer sem que ela desejasse, mas a imagem de si era impossível de evitar.

— Eu estou viva.

Ela disse para si mesma, sentada no bar do hotel no fim da segunda noite, olhando para o próprio copo de Aperol on The Rocks, que já deveria ser o seu sétimo.

Foi apenas no terceiro dia que uma mulher alta segurando uma mala de lona apareceu no saguão do hotel.

Após muitos abraços e beijos, Simona respirou duas vezes antes de começar a chorar e demorou muito tempo até conseguir formular uma frase que definisse o fracasso do seu casamento.

— Eu fodi com tudo, mãe.

— Foi justamente por isso que eu vim, meu amor. Agora estou aqui, ponha tudo para fora.

Chiara Martaci era uma mulher bronzeada e marcada pelo sol por muitos anos de serviço nos trópicos. Médica de campo, quando se divorciou e quando Simona entrou na faculdade, se mudou para o sudeste asiático e só voltou à Itália para visitas. Simona amava a pele quente da mãe e se sentia tão bem com o contato dela que era como se ela tivesse trazido o sol para dentro daquele quarto impessoal.

Foram algumas garrafas de vinho e cigarros dentro do quarto do hotel até que Simona terminasse a história. Chiara olhou a filha por cima de seus óculos de lentes azuladas, ajeitou a franja grisalha e disse:

— É a primeira vez que a vejo tomar uma decisão sozinha.

Simona franziu o cenho.

— *Cara mia*, é verdade. A vida inteira as pessoas tomaram decisões por você. Eu, seu pai, seu namorado. Você abandonar o altar foi a melhor coisa que poderia ter feito.

— Mamãe...

— Ouça, anjo. Agora é o momento de deixar doer e se deixar sentir. Não é hora de vergonha, tenha orgulho da decisão que tomou e da pessoa que se tornou. Não é tarde demais para viver, você está só começando.

— Eu já sou velha, mãe! — Simona retrucou, irritada. — Não tenho mais idade para casar e talvez precise me convencer de que não serei amada.

— Você não precisa se casar para ser amada.

— Por favor...

— Você tem a vida inteira pela frente. Está no seu auge de beleza, elegância... Sem contar que você ficou num dos hotéis mais caros de Roma sem se preocupar com a conta. Você é poderosa, minha filha, paga suas próprias contas e tem uma bolsa de couro legítimo. Acha mesmo que precisa de um casamento ainda?

Simona, que segurava um pote de bombons de chocolate branco, bateu a cabeça para trás, desolada.

— Você gostou mesmo da minha bolsa?

— Iremos amanhã na Bottega Veneta. Não tenho uma dessas para comprar em Trincomalee.

Essa conversa durou mais alguns dias. Chiara levou a filha para caminhar na praça do Panteão e até no Coliseu. Não gostava muito de Roma e a todo momento achava algo para reclamar. Mesmo assim, com a companhia da mãe, Simona se sentia forte e capaz de dominar o mundo. Uma semana após o casamento que nunca aconteceu, ela aceitou o emprego novo no banco que a fez se mudar para Roma.

— Fiz certo em ficar. — Simona e sua mãe estavam no aeroporto.

— Claro que fez. Me diga o que você faria em Nápoles morando com aquelas vacas irmãs do seu pai? — Chiara ajeitava o cabelo da filha. — Aqui vai ter um emprego que sempre sonhou e vai poder passear por *la città più bella del mondo*. *The most beautiful city of the world*.

— Papai quem falava isso.

— Ele falava mesmo. Era um porre. Toda hora ele queria vir para cá. Foi estranho após o divórcio ele ter permanecido em Nápoles.

— Ele ficou por mim.

— Sim. Ficou mesmo. Antes de vir para cá, eu visitei suas tias para buscar uma coisa. — Chiara abriu a bolsa e tirou de lá uma sacola e a entregou. — Como havia algo nessa cidade que seu pai amava e eu nunca entendi, eu achei as fotos que ele tirou com você quando vieram aqui muitos anos atrás. Ele anotou o nome de cada restaurante, cafeteria e sorveteria atrás.

Simona conferiu as fotos e os lugares. Seus olhos pontilhavam lágrimas.

— Antes de morrer ele queria ter voltado aqui. Às vezes me pergunto se eu devia tê-lo ouvido e nos mudado para cá quando você era pequena.

— Obrigada, mãe.

— Não me agradeça. Suas tias estavam iradas com você, se fosse para você ir lá buscar essas fotos elas iriam te bater. Meu conselho é esperar pelo menos uns quatro anos até visitá-las novamente.

O aviso que o voo 345 da *Air Italia* para Nova Delhi com conexão em Istambul foi anunciado.

— Minha hora. Preciso ir.

— Mamãe, antes de ir... Como chegou aqui tão rápido? E ainda foi até Nápoles? Você não ia conseguir vir para o casamento...

— Túlio me ligou no momento em que ele viu que você não estava no altar. Quando ele falou que você tinha desaparecido, eu disse que você não estaria longe e que assim como seu pai, deveria estar em alguma osteria ou... em Trastevere.

— Não acredito. — Simona olhou a foto pousada com o pai no bairro que agora ela sentia um aperto no peito ao se lembrar.

— Eu acho que seu pai não estava feliz com você se casando. — Chiara riu e apanhou as malas. — Ele deu um jeito e te levou para onde ele gostava.

Simona ainda encarava a foto, incrédula.

— Vá atrás do rapaz. — Chiara sabia de Dio. — Vá viver de novo.

— Obrigada por ter vindo.

— Eu te amo, minha querida, é minha hora. Volto no natal. Por favor, não surte de novo até lá, não tenho dinheiro para outra passagem.

— Adeus, mamãe. — Simona despediu com um abraço forte e viu a mãe entrar no portão de embarque.

Ficou mais um tempo olhando as fotos com seu pai, parada no meio do fluxo de pessoas. As fotos eram do dia em que ele veio à Roma a trabalho e a fez perder um dia de aula.

Lá estava ela, com uniforme escolar, sentada ao lado de um homem magro e calvo com um grande sorriso e óculos de aviador. Trastevere, Caracalla, Coliseu, Panteão, Vaticano e, por último, uma foto da pequena Simona com a boca cheia de macarrão em um restaurante com a placa atrás: *Otello Pizzeria*.

Simona sorriu e voltou para o hotel segurando a foto no peito.

Após a viagem da mãe, Simona compreendeu que não poderia morar para sempre em um hotel. Se ficaria em Roma, teria que ter um local para chamar de casa.

Benvenuta a casa.

O rosto de Dio surgiu em sua mente e sumiu, como um clarão. Isso foi o bastante para ela compreender que poderia começar a buscar uma casa nova por Trastevere.

TOR DI QUINTO

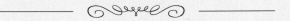

Via Bevagna
30 de Agosto de 2023

Passaram-se meses desde o dia em que Simona abandonou seu noivo até decidir procurá-lo novamente. Com passos hesitantes, ela tomou o caminho de Tor di Quinto sentindo-se menos segura a cada passo.

Assim que se aproximava do quarteirão da rua sem saída onde ficava o prédio em que moraria com seu noivo e onde a mãe dele morava, Simona foi detida por dois adolescentes.

— Martaci, *eh*? O que faz aqui?

Era o primo de Túlio que às vezes invadia Caracalla para fumar maconha.

— Olá. Túlio está?

— Está com a namorada lá em cima.

Simona ergueu as sobrancelhas.

— *Namorada*.

— Ele namora ela há dois anos. Vão casar quinta que vem.

Simona riu.

— Ok, garoto, avise-o que cheguei, por favor. Ele estava esperando por mim.

— É, estava esperando no altar há meses atrás. — O rapaz riu e deu as costas, entrando no prédio.

— Sim. Eu não fui no casamento porque estava fazendo uma coisa melhor: fumando baseado e transando em Caracalla.

Os dois rapazes ficaram boquiabertos, até que um deles puxou o outro e ambos foram para o interior do prédio.

— Fiz tudo isso dentro de uma Ferrari, *eh!*

Ela se sentiu boba falando com o dialeto napolitano, mas fazer aquilo deu a ela uma sensação boa, como se tivesse deixado uma mochila pesada no chão para conseguir correr mais leve os próximos quilômetros.

Ainda ficou onde estava, sentindo o vento do final da tarde brincar com a barra de sua saia. Não sabia se o garoto estaria brincando sobre Túlio ter uma namorada de dois anos, afinal foi ela quem namorou Túlio nos últimos dois anos, ou melhor, nos últimos quinze anos. Também não sabia se ele de fato foi atrás de Túlio para anunciá-la, até que o ex-noivo surgiu vestido de bermuda e suéter na porta do prédio.

— Mona, o que faz aqui?

Simona suspirou, sentiu uma fraqueza tomar a perna direita, por isso não deu nenhum passo. O homem ficou à sua frente. Parecia tão bonito quanto sempre foi, mais esbelto, e Simona ousou a pensar... Estava mais radiante, com uma aura leve, talvez? Seu rosto não tinha sua típica expressão de quem tinha acabado de tomar um antialérgico.

Aquele Túlio era sem dúvida o contrário do homem que a deixou na porta do Hotel Nazionale alguns meses atrás.

— Eu vim vê-lo. Temos coisas a tratar.

Túlio segurava um envelope carmim.

— Eu iria procurá-la também. Acontece que não tenho mais seu endereço. Você ficou em Roma?

Ficou? Não havia por que usar o verbo no passado.

— Sim. Agora moro aqui. — Não quis mais se justificar. Não conhecia o tom de voz do ex-noivo, agora parecendo tão mudado. — Escute, eu gostaria de pedir desculpas. Acabei não conversando da forma que deveria.

— Eu mandei suas roupas e alguns dos seus vasos de manjericão para a casa das suas tias, se foi isso que você veio buscar.

— É isso que você acha que eu quis fazer aqui hoje?

— Não temos mais nada, não é? Não vejo nada mais justo do que mandar suas coisas embora.

Ele tinha um tom irredutível, agora Simona o reconheceu. Era o tom que o noivo usava quando estava determinado e nada o faria mudar de ideia. *Ex-noivo.*

— Eu agradeço. Não acabei precisando de nada. — Era mentira. Simona gastou parte das economias em roupas novas, não que isso fosse ruim. — Aliás, já que tudo parece muito resolvido, eu vou embora.

— Escute, eu vou me casar. Vou cumprir a promessa que fiz a vovó.

Túlio não vacilou, mas Simona sentiu algo gelado do estômago, como se tivesse tomado uma sopa vencida e gelada.

— Este é o convite. Você já sabe onde será a cerimônia.

— Onde você a conheceu?

Túlio suspirou e olhou para o céu.

— Não é óbvio?

— Seu primo falou que vocês namoram por dois anos... Algo está errado nessa conta...

— Marco acabou de me dizer que você estava transando em Caracalla no dia do nosso casamento! E fumando maconha!

Ela ergueu a sobrancelha.

— Então é isso. Você me traiu.

— Não te devo satisfação de nada.

— Túlio, por que você ia se casar comigo se amava outra mulher? — O gelo no estômago agora se tornava uma onda de calor que subiu para o rosto dela. — Por que me traiu?

— Porque... Ora, porque... porque eu quis. Estamos juntos há tanto tempo que nos tornamos amigos.

— Você foi o primeiro homem que amei... que dei meu corpo... — Simona estava falando alto e apontou para si... — E você também era *virgem!*

Túlio olhou para os dois lados.

— Antes de me casar eu tinha que provar outra mulher. Não era justo casar com a mesma mulher que perdi a virgindade. Homem nenhum faz isso. — Ele falou baixo. — Você sabe como é a minha família.

— Eu não acredito que você é assim tão idiota.

— Era para ser apenas uma vez com a Claudia. Mas me apaixonei. E vamos nos casar.

— Você me *traiu*.

— Tome, aqui está o convite do casamento. — Ele levantou o envelope de novo e Simona o tomou com raiva.

— Não me sinto um pingo arrependida de ter te deixado plantado no altar.

Simona viu uma veia saltar na têmpora do homem. Agora ele parecia incomodado.

— Você não me merecia. — Àquela altura, os olhos de Simona pegavam fogo e saíram lágrimas para tentar acalmá-los, mas ela não deu ao ex-noivo o prazer de vê-la derrotada. Virou as costas e começou a andar pela rua deserta de paralelepípedos disformes de Tor di Quinto.

— Se quiser, não vá ao meu casamento!

— Seja feliz, Túlio. — Ela suspirou, tomou fôlego e olhou para o ex-noivo sobre o ombro: — E, se quer saber, não só fumei um baseado e transei em Caracalla, mas chupei o pau do homem que me tirou da igreja e beijei uma mulher que beija melhor do que você.

Antes que a coragem sumisse, ela virou o rosto e continuou a caminhar sem olhar para trás.

Ela caminhou com pressa até achar uma cafeteria. Após pedir um café e um brioche, abriu o envelope e descobriu que tinha a mesma fonte do convite de casamento dela, o mesmo adesivo com folha de lavanda, o mesmo aroma de alecrim e a mesma fita lilás unindo o papel. Era uma cópia do convite de casamento que ela tinha escolhido. Quando ainda tinha uma cerimônia em vista.

Claudia Ragazzi e Túlio Benevento humildemente convidam...

O envelope não tinha o nome de Simona no campo *"Endereçado a:"*

Ela suspirou, guardou o envelope na bolsa e limpou as lágrimas do rosto. Eles copiaram até a *droga* da fonte do convite.

Nove anos atrás.

Simona, com um óculos quadrado, segurava os ombros trêmulos de um Túlio Benevento muito magrelo.

— Pode chorar, *amor*. Ela vai melhorar.

O médico saiu de uma pequena sala e os chamou, dizendo que tinham cinco minutos.

Havia uma idosa deitada na cama com alguns aparelhos medindo seus batimentos, parecia muito serena e com os olhos doces. Simona adorava a *nonna* Benevento.

— Mona, querida... Túlio...

Cada um pegou em uma mão da velha.

— Vovó, irei à sua igreja favorita rezar. Em Roma.

— Ah, Roma... *Tesoro*, vocês precisam casar lá. É onde eu vi a Virgem... quando tinha a idade de vocês... É sagrada.

O coração de Simona apertou quando a viu tossir. Ela voltou os olhos para a jovem.

— Você será feliz, querida. — Apertou a mão dela — Ajude Túlio a também ser um dia.

— Farei o que posso.

— A Basílica é sagrada. Ouve nossos corações. Tudo o que é verdadeiro aqui, só é verdadeiro se ecoar lá... Vocês precisam estar lá para saber o que é verdade e o que é mentira. É sagrada.

— Nós iremos. — Túlio chorava muito e Simona se preocupou. — Vamos casar lá, vovó...

A velha sorriu.

— Eu quero dormir. Agora chame seu pai e suas tias, quero vê-los mais um pouco...

CAMPIDOGLIO 4

Basilica di Santa Maria in Aracoeli, Campidoglio

Simona, agora usando um belo vestido de cetim que deixava as costas abertas, entrou na Basílica Ara Coeli como havia prometido a Nonna Benevento. Dessa vez, seu vestido não era branco, mas verde esmeralda. Sentada ao final da nave, distante da família, assistiu ao casamento que se deu no início do último sábado de outono. A igreja, enfeitada com alguns ramos de flor – os mesmos que Simona sugeriu usar no casamento que deveria ser seu –, enchiam o ar com cheiro de folhas molhadas e margaridas colhidas naquela manhã.

Ela viu Matteo e alguns parentes de Túlio olharem para ela sobre o ombro, mas não se importou. A noiva entrou ao som de Andrea Bocelli que saía de alguma caixa de som, o único detalhe que não se assemelhava ao casamento que Simona tinha organizado. Quando passou por ela, Simona notou que a noiva era estranhamente familiar.

A cerimonialista.

Quando leu o convite, não associou o nome à pessoa, por ter sempre chamado a mulher por Cerimonialista Irritada, que era até o contato do seu celular. Então, não teve como não soltar uma risada quando identificou a noiva, o que causou mais rostos conhecidos se virando para ela.

A cerimônia aconteceu e Simona observou Túlio, cuja expressão era incólume quando seus olhos se encontraram.

Obrigado por não me escolher. Era o pensamento de ambos.

Em algum momento, no meio da ladainha empolgada do padre, Simona se distraiu olhando para a igreja e se virou para a entrada. Pensou ter visto um rosto conhecido, emoldurado de cabelos ondulados.

Intrigada, saiu do banco e caminhou com os saltos silenciosos até a entrada. Olhou para todos os lados, tinha a sensação de ter visto Dio ali.

Ou então aquilo era apenas um joguete de sua memória ferida.

Não existia um dia em Roma em que ela não fechasse os olhos para resgatar na memória cada pedaço do corpo de Dio. Ainda que a sua parte preferida, os olhos estreitos dele, já quase esvaneciam de sua mente, como uma moeda desgastada pelo manuseio.

E ela ansiava por nunca perder as memórias de Dio.

Ela segurou a pequena bolsa de mão e olhou mais uma vez para dentro da igreja, sobre o ombro. Viu Túlio e Claudia de mãos dadas, na hora das juras eternas e, naquele momento, se sentiu calma.

Não existe maneira melhor de tudo isso acabar, senão desse jeito.

Ela segurou a barra do vestido pela segunda vez na vida ao encarar a escada da Basílica e deu um adeus silencioso a Túlio. Rumou a pé para um caminho que já conhecia de cor àquela altura. De Campidoglio para Trastevere.

Durante os dias que se passaram, Simona passou a aceitar convites de seus novos colegas de trabalho para jantares em casa ou até ir ver uma partida do Roma em um bar. Ainda que detestasse ser a solteira nos eventos aos quais só suas colegas casadas iam, acabava se divertindo e eventualmente conversando com algum homem também solteiro, tão deslocado quanto ela.

Ela ainda era uma boa moça de Nápoles, e assim como todas as moças napolitanas, não tinha muita paciência quando o assunto não rendia bons frutos e acabava mais afastando candidatos a uma noite de sexo casual do que atraindo parceiros bonitos.

Voltava para casa sozinha e, em seu apartamento pequeno, acabava a noite sempre na companhia de algum músico debaixo de sua janela, jovens bebendo na sacada do seu prédio, algum casal transando ruidosamente no apartamento vizinho ou mais algum dos muitos outros sons e cheiros de Trastevere. Se havia um lugar em que valeria a pena ser solteiro, o lugar sem dúvida era ali onde Simona estava.

O casamento de Túlio a assombrou, não por ver o homem que amou por quinze anos se casando com outra, mas pela memória de ter visto o vulto de Dio. Por muitas vezes, acompanhada de um conhaque, pensava em como um homem fizera mais por seus sentimentos em vinte e quatro horas do que outro em quinze anos. Quase sempre concluía que não eram os ditos homens responsáveis pela revolução de sua independência e vontade, mas as suas próprias decisões.

Pela primeira vez na sua vida, siga seu coração. Era a frase, no tom de voz de sua mãe, que mais ouvia dentro de sua cabeça todos os dias.

Uma das melhores coisas que poderia ter feito para simbolizar sua nova fase era o cabelo, antes grande demais, agora curto e cheio de cachos cheios e pesados caindo até seus ombros e se movendo quando ela mexia a cabeça. Ela passava batons vermelhos todos os dias e usava as lingeries mais caras que já tinha visto, caminhava cada dia mais perto de sua independência. Sua própria feira de vaidades havia se iniciado, finalmente.

Em uma segunda-feira de manhã e, antes de ir para o trabalho, ela decidiu visitar uma área de Trastevere a que há muito tempo não ia.

— Dariush, *buongiorno,* amigo. *Salaam Aleikum.*

O homem, que tomava um café sentado à frente de sua lanchonete, sorriu.

— *Aalaikum Assalaam,* minha amiga! Há quanto tempo!

Dariush abriu o sorriso.

— *Bella* como sempre. O que virou de você?

— Estou morando aqui agora, em Trastevere.

— Ahh! — O homem sorriu. — Culpa de Dionigi, com certeza. Ele põe caraminholas na cabeça de todos sobre o bairro.

Ouvir outra pessoa falando de Dio fez o coração de Simona aquecer. Ultimamente, ela achava que ele era uma alucinação e que as poucas horas que passou com ele eram de fato um sonho.

— Falando nele, Dariush, tem o visto? Devo a ele algumas palavras.

— Ah, você não sabe... — Dariush se ergueu. Tinha servido outra xícara e a entregou a Simona que aceitou de bom grado. — Dionigi se mudou para Milão. Está se esforçando para ser um modelo lá.

Dariush passou pela portinhola e apanhou uma revista. Dio estava na contracapa.

— Ele me mandou isto, junto com um dinheiro para me ajudar. Ele ficou preocupado comigo. É meu amigo. — O homem disse, orgulhoso. — Saudades do meu amigo. Cristiano se mudou com ele, agora meus amigos estão todos longe de mim.

Havia tristeza no sotaque de Dariush e Simona percebeu.

— Pois eu virei aqui todo dia que puder, para você não ficar sozinho e para comer um *gyros*. Inclusive, quero um para levar.

Simona sorriu e se sentou no banco pequeno. Seu semblante calmo não era capaz de ocultar todo o pesar que sentia no peito ao encarar a contracapa com a foto de Dio ao lado da marca Fendi. Todo aquele tempo sem ver o homem tatuado, contentando-se apenas com a doce memória de um dia a assomou de uma vez, numa tristeza.

Ela encarou a mesma parede onde ele se escorou naquele dia quando comeram um *gyros*.

E fizeram amor como loucos.

Ao final, pagou com uma gorjeta gentil e deixou seu cartão de visitas com o amigo, reforçando que ele deveria procurá-la para discutirem um investimento na lanchonete com juros baixíssimos.

Desde aquele dia, como se a visita a Dariush a tivesse atraído para mais perto de Dio, Simona passou a vê-lo em anúncios nas principais vias de Roma, na TV e até no celular. Um dia, sua mãe a ligou, dizendo que tinha visto um anúncio com o rapaz que se parecia muito com a descrição que Simona fez de Dio em uma viagem a Tokyo para resolver seus documentos na embaixada japonesa.

Assim, ficava difícil superá-lo e Simona se contentou com a sensação de que nunca mais o veria. E que era melhor assim.

EPÍLOGO

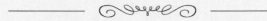

Passaram-se dois anos de amores de uma noite só, descobertas de orgasmos nunca sentidos e em atraso, jantares frustrados e até um meio namorado, mas nada desses momentos eram tão aventureiros e vívidos quanto os com Dio. Foi assim até o dia em que ela estava no trabalho e ouviu duas colegas no banheiro comentando sobre um evento que reuniria modelos famosos. A entrada era restrita, mas como seu banco era um dos patrocinadores, não seria difícil ir à festa.

Simona deu descarga e sorriu para as moças, que antes de Simona falar alguma coisa, saíram de perto dela.

Havia uma passarela e Dio era o dono dela.

Simona se apertava na última fila, onde precisava ficar na ponta dos saltos para enxergar um pedaço do rosto de Dio e ela o viu. Foi como se todo o ar do seu peito tivesse saído em uma respiração. *Ele existe, sim.* Ela se inclinou tanto para vê-lo que a mulher da frente deu-lhe uma cotovelada na boca do estômago e ela retrocedeu para se curvar de dor.

Ela tomou várias doses de champanhe e driblou um homem de meia idade que a cantou até tomar coragem para fazer o que tinha que fazer. Abriu a carteira para tirar um dos seus cartões de visita e o apertou contra o peito.

— Esta é a minha última chance. E a última vez que eu vou te procurar, *Diavoli,* se é que você ainda se lembra de mim.

Ao final do desfile, quando a plateia se mudou para as áreas comuns onde era servido o buffet e alguns dos modelos menos famosos transitavam entre os convidados da classe fina de Roma, Simona se esgueirou até a divisão do camarim.

Ela caminhou pelo lugar onde nitidamente só pessoas autorizadas ficavam, tendo dificuldade em andar depressa com o vestido muito justo.

Ela girou no mesmo eixo e esticou a cabeça até encontrar Dio de costas. Ela tinha certeza que era ele, com as tatuagens nas costas que nunca esqueceu. Ele tinha a nuca raspada e os cabelos cortados bem mais rentes e um brinco de ouro. Antes de chamá-lo, ela foi pega pelo braço por um segurança.

— Moça, você não deveria estar aqui. Por gentileza, se retire.

— Só um minuto, eu preciso falar com o meu cliente. — Ela apontou para o seu *stage pass*, que tinha a logo do banco que trabalhava.

— Quem é o seu cliente?

— Dionigi.

— Me desculpe?

— É ele. — Simona apontou para as costas distantes de Dio que agora vestia uma camisa de linho com ajuda de duas pessoas e estava longe para ouvi-la.

O segurança olhou de Dio para Simona e riu.

— Tá bom.

— Escute, eu sou a gerente da conta dele no banco Sanpaolo. Por favor, peça para ele entrar em contato imediatamente. — Simona entregou o cartão de visita. — Tivemos um ataque cibernético na conta dele na última hora e ele não atende o celular.

— Farei isso. Agora saia. — O segurança não a segurava mais, mas ela não acreditou que aquele cartão chegaria nas mãos de Dio.

Ela voltou para perto do bar e ouviu de algumas modelos que o astro, Dio, não iria para a festa que aconteceria depois do desfile, porque tinha um compromisso urgente.

O coração de Simona deu um salto e ela aguçou os ouvidos, mas não ouviu nada de interessante na conversa das modelos que agora falavam sobre um vape zero caloria sabor iogurte grego que tinha acabado de ser lançado.

Ela permaneceu atenta o máximo que conseguiu, até decidir ir embora depois de algumas taças de champanhe de graça.

Tomando um chardonnay sozinha, encostada no parapeito da grande janela do seu apartamento em Trastevere, ela saudou Dio.

— *Te voglio bene assai, ma tanto tanto bene, sai?* — Disse para o céu.

Ela ficou olhando as estrelas que teimavam em aparecer no céu castigado pela poluição da capital. Em Nápoles, não conseguia ver estrelas tão belas, mas também não tinha a chance de confundi-las com aviões.

Deitou-se na cama aconchegante com o colchão em cima de um suporte de madeira. Colocou a música *"Caruso"* pela voz de Lucio Dalla para ouvir, adormecendo na metade do CD. Sonhou que estava sentada à beira do mar, sozinha.

Na sexta-feira que se sucedeu após a desastrosa noite do desfile, Simona foi trabalhar com dor de cabeça. Entrou na sua sala na sede do banco tomando uma aspirina e engasgou ao ver um buquê de rosas muito vermelhas sobre a mesa. Olhou para a porta e viu sua secretária e duas estagiárias rindo.

— Gianna, quem mandou isso? Está sem cartão.

— Eu não sei, *signorina* Martaci. Me pediram apenas para entregar. — E saiu rindo com as outras. Simona se sentiu ofendida com os risos. O que as funcionárias achavam? Que ela não era capaz de ter um admirador?

Um dos azares de trabalhar no banco Intesa Sanpaolo na divisão de contas executivas era que Simona teve que justificar porque se candidatou ao emprego colocando no currículo que era noiva, e, na hora de assumir o cargo, falou que era solteira. Ela explicou a situação sem muitos detalhes à equipe de recursos humanos, mas não demorou para que a sede inteira do banco já soubesse do caso da Noiva Fujona Da Ara Coeli.

Simona fingia não se importar, mas sempre que pensava na alcunha, sentia uma pontada de raiva. Ela trabalhou a manhã toda com o caule das rosas dividindo espaço com ela em cima do seu porta-canetas. Toda hora, ao assinar um balancete de uma das contas que cuidava, jogava as canetas para um canto da mesa e relanceava os olhos para as rosas e pensava quem poderia ter mandado aquilo.

Pensou em Túlio imediatamente. Ele já tinha feito aquilo em Nápoles, mas o que seu ex-noivo, agora esposo de Claudia, estava fazendo mandando flores?

Então, ela descobriu o remetente quando sua assistente entrou nervosa na sala, sem bater e anunciou:

— *S-s-s-ignorina* Martaci...

— Gianna, parece que você viu um fantasma, o que aconteceu?

— Tem um cliente seu aqui.

— Mas hoje é sexta, é meu dia de fechar as contas. Não tinha nada marcado com ninguém.

— Eu sei e falei pra ele, mas...

— Não tem problema, mande-o entrar.

Simona se levantou, estranhando a situação, mas nem tanto. Alguns de seus clientes vinham o dia que queriam, sem respeitar muito seus cronogramas. Ela pegou o blazer azul e jogou em cima dos ombros, ajeitou o cinto da saia e se virou para sua cafeteira elétrica, preparando os grãos.

— Ele disse que é seu cliente, mas nunca o vi aqui. Não quis adiantar o assunto comigo.

— Esse parece que tem algo urgente a ser tratado. Mande-o entrar, por favor, vou preparar um *ristretto*. — Gianna saiu e Simona se encarregou de preparar o café. Quando ouviu a porta fechar atrás de si, ela se virou e foi o cheiro de verbena que anunciou o visitante.

Dio a encarava com um sorriso divertido de volta.

— *Brunetta*. — Ele retirou o sobretudo caramelo que usava e o colocou sobre o sofá. — Finalmente a encontrei.

— Ele... então ele te deu o cartão...

Dio riu.

— Sim.

— E você me achou. Significa que estava me procurando?

Dio ergueu as sobrancelhas. Simona se encantou com os olhos estreitos dele outra vez, parecia não ter mudado nada nas linhas que formavam seu sorriso escondido.

— Pelo que parece... sim.

— Dio, eu sinto muito. Aquele dia...

— Me perdoe, *Simona*. Eu te mandei embora. — Ele caminhou até a cafeteira e apanhou a xícara que ela segurava para ele. — Eu tinha que vir aqui pedir desculpas.

Dio a chamou pelo nome e Simona sentiu sua nuca arrepiar.

— Dio, os primos de Túlio te fizeram mal, eu sinto muito.

— Ah, não foi nada... — Ele tinha um sorriso sincero. — Já passou.

— Eu procurei por você.

— Eu falei palavras duras para você ir embora. Espero que me perdoe.

— Já são quase dois anos, eu nem me lembro mais do que disse. — Era mentira. Simona se lembrava todos os dias das palavras que saíram dele aquele dia. — São águas passadas. Fico feliz em saber que não... Está com raiva de mim.

— Eu falei coisas horríveis porque tive medo daqueles homens te ferirem. Passei dias tentando te achar, ver se você estava bem...

— Eu fiquei bem. — Simona sorriu.

Ele sorriu de volta e, por um momento, foi como se estivessem novamente no pequeno apartamento de Dio, fumando cigarros e falando sobre aproveitar o momento.

— Eu queria dizer que você pertence a Trastevere, há algo seu que pertence àquele lugar. Minha frase naquele dia foi dita porque... Tive medo. Se me bateram, poderiam ter te ferido e eu nunca me perdoaria por isso.

Simona arfou.

— Eu não sabia o que te dizer. Me desculpe por ter demorado tanto para te achar.

— Eu acreditei que você tinha se casado com aquele merdinha. — Dio analisou o escritório com o olhar, cortina, mesa, cadeira. — Quando vi no jornal que os Benevento alegremente uniram bodas e estavam a caminho de Provença...

— Eu não imagino você vendo esse tipo de jornal.

— Dariush deixa a TV ligada no canal de notícias local o dia todo.

— Eu não me casei.

— Eu sei. Eu fui à cerimônia. Precisava ver com meus próprios olhos.

E então ele se virou para ela, os olhos pequenos estudando cada pedaço de seu rosto.

— Foi um alívio não te ver naquele altar.

Simona curvou os lábios vermelhos de batom num sorriso.

— Eu estava lá. Te vi, mas quando fui atrás, você desapareceu.

— Não era nossa hora ainda. — Dio tomou o café, olhando-a longamente. — Senão, eu teria te achado.

— Eu cortei o cabelo. — Ela tombou levemente a testa, para balançar seus cachos.

— E continua linda. — Dio sorriu e bebeu um pouco do café.

— Eu moro em Trastevere agora. — Ela tomou a xícara vazia da mão de Dio e a deixou sobre a mesa. — Visito Dariush todos os dias.

— Ele não me disse nada sobre você.

— Às vezes ele não quis se colocar no meio... — Simona tocou as mãos de Dio, ainda receosa. — Que história é essa de você morando em Milão? Você é a pessoa mais romana que conheço.

— Negócios. — Ele apertou a mão dela. — Um homem tem que ter o que comer e Milão é a capital da moda.

— Você deve estar sentindo falta de Trastevere.

— Você nem imagina o quanto.

Dio levou a mão dela aos lábios e a beijou.

— Inclusive, eu vim aqui para abrir uma conta, o que eu tenho que fazer para ter você cuidando do meu dinheiro? Já aviso que é menos do que pensa, preciso de taxas baixas.

— Vai ser um prazer, assim você não escapa.

— Agora que sei onde você trabalha, vou vir te ver todos os dias. — Ele disse com o tom conspiratório e apertou a mão dela ainda mais, num gesto gentil. — Você se livrou dos machucados da harpia sem cicatrizes.

Simona segurou o rosto dele e o beijou no canto da boca. Ele a acolheu num abraço forte e íntimo. Ficaram por muito tempo assim, num abraço demorado e silencioso, relembrando das fragrâncias em comum. Simona afundou o nariz no pescoço dele e inalou toda aquela verbena que parecia fazer parte da pele dele tanto quanto suas tatuagens.

— Tenho muito o que te contar… Lembrei o nome do restaurante que fui quando era criança. Agora, como lá todas as sextas-feiras.

Dio, com o sorriso aberto, falou enquanto beijava as bochechas de Simona:

— Aquele que seu pai a levou? Do qual você disse naquele dia em que nos conhecemos?

— Esse mesmo.

— Bom, então o que estamos esperando? Hoje é sexta. — Dio a soltou, abrindo os braços.

Com um olhar travesso, Simona abaixou a tela do notebook. Ah, como sentiu saudade daquilo. Poder fazer o que queria. Mas, dessa vez, com uma boa companhia.

— Você pode abrir minha conta enquanto almoçamos lá?

— *Pizzeria* Otello. A mesa é pequena, mas consigo levar os contratos para você assinar.

— Estou mesmo com vontade de uma *puntarelle*. Eu pago.

— Nada disso, eu te devo um almoço. Lembra?

Dio a tomou nos braços, sorrindo e disse, com a voz rouca:

— Não tem um dia em que eu não pense e me lembre de você, *brunetta*.

E a beijou com gosto de café. Suas bocas se acolheram na sincronia ansiosa de anos de distância, mas não tempo suficiente para esquecerem o sabor e a textura da boca do outro. Aquele beijo se assemelhava ao primeiro beijo que deram no pequeno apartamento de Dio: ansioso e sedento.

As mãos de Dio se encaixaram na cintura dela, apertando-a contra seu próprio corpo com uma força que aumentava a cada beijo. Uma onda de calor penetrou o estômago de Simona, fazendo-a soltar um leve suspiro.

Não demorou muito tempo até Dio escorá-la na mesa, derrubando algumas canetas no chão. Ela se sentou e o abraçou com as pernas, segurou o rosto dele nas mãos e o olhou, com olhos de quem tem muito o que falar, mas tem pressa e fome.

Foi apenas quando Dio tocou a virilha dela, afastando a calcinha e tocando-a com leveza, que ele disse o que ela queria ouvir:

— Que saudade eu senti de você, *brunetta*.

Não demorou para que ele se ajoelhasse aos pés dela e tirasse os sapatos, beijando os pés da mulher, lentamente, até subir para o meio de suas pernas.

Ele tinha sede e mostrava sua saudade em cada movimento e absorvia, sem pressa, tudo o que Simona oferecia. Ainda semi-vestidos, ele a tomou inteira, beijando-a com intensidade.

Quando um suspiro saiu dele, Simona tapou a boca com a mão e o apertou ainda mais contra si com as próprias pernas.

— O seu gemido é só para mim, *Diavoli*. Fique quieto.

Ele retesou o corpo, concentrado demais para refutar, e continuou se movimentando, com os olhos desesperados. Quando Simona enfiou os dedos no cabelo dele e o abraçou com força, ele suspirou baixinho e a beijou.

Permaneceram ali, semi-nus e semi-vestidos, abraçados, por mais alguns minutos. Nenhuma outra sala do banco Sanpaolo tinha tanto movimento em uma sexta-feira quanto aquela.

Saíram da sala de Simona, com os casacos e óculos escuros nas mãos, ambos compartilhando as bochechas rosadas e os cabelos ligeiramente bagunçados. Dio segurava a bolsa dela e a olhava, absolutamente encantado.

Simona disse a sua assistente e a todas as estagiárias que estavam em suas posições de atendimento:

— Gianna, cancele minhas reuniões de hoje à tarde. Não volto depois do almoço. — Ela nem tinha reuniões naquele dia, mas adorou mentir em voz alta e olhar para Dio, cujo rosto não mentia.

Dio segurou a mão dela e saíram juntos pelo corredor. Simona jurou ter ouvido das moças *"você viu que ele estava sujo de batom?"*.

Como prometeu, Simona apresentou a Dio a Pizzeria Otello (que ele já conhecia, mas mesmo assim deixou Simona mostrar o quanto já estava familiarizada com o local, como se fosse uma romana) e lá se tornou o lugar preferido dos dois pelos próximos dias. De férias da temporada, Dio passou os dias com Simona no apartamento em uma travessa onde havia uma sorveteria e uma parede coberta de plantas trepadeiras.

Faziam amor de janela aberta, unindo-se não só aos sons e cheiros de seus próprios corpos, mas em comunhão com toda Trastevere, com toda Roma. Eram espectadores e espetáculo. Umedeciam os lençóis como afluentes da mesma água do Tibre e abraçavam-se como se seus braços fossem toda extensão das ruínas que envergam a cidade.

Encontravam silêncio nos braços um do outro, contando suas histórias pela pele. Achavam doses de paz ao observar um ao outro dormir e acordar, sorrindo.

Compartilhavam um vinho e o prato de pizza de burrata no dia em que, Simona, amarrada em um robe de seda mais aberto do que fechado e usando meias $^7/_8$, contemplava Dio nu encostado na janela fumando outra vez.

— Casa comigo, *diavoli?*

Ele sorriu. Era a terceira temporada que ficavam juntos.

— Caso, *brunetta*. Mas antes precisamos ir a Siena, para você conhecer minha mãe.

— Se for assim, precisamos ir para o Sri Lanka para você conhecer a minha.

Ele deixou a cerveja de lado e pulou na cama baixa, no lugar onde Simona tinha acabado de tirar o prato de pizza já prevendo o pulo do amante.

— Ficamos noivos em Siena com minha mãe, nos casamos aqui na Santa Maria in Trastevere e depois uma lua de mel no Sri Lanka. O que acha?

— Parece o plano perfeito. — Simona o abraçou com força até ele lutar para se soltar e depois ser a vez dele apertá-la com força. — Dessa vez eu não vou fugir.

Te voglio bene assai
Ma tanto tanto bene, sai?
È una catena ormai
Che scioglie il sangue dint'e vene sai
Lucio Dalla - Caruso

Te quero muito bem
Mas tanto tanto bem, sabe?
É uma corrente
Que dissolve o sangue dentro das veias

AGRADECIMENTOS

A gente não faz nada sozinho. Por isso, a primeira pessoa que agradeço é a Velúnia, por SEMPRE ouvir minhas ideias e por ser minha fonte de criatividade com suas ideias maravilhosas.

Também agradeço meu irmão, José, por ser um cozinheiro sensacional que me ajuda a pesquisar comidas típicas de cada região. Te amo, maninho e sem você esse livro não teria tantas notas gastronômicas.

Obrigada minhas queridas Rayane e Carolina, as primeiras leitoras de tudo! Sem as reações de vocês, nada disso seria possível. Agradeço ao universo por ter me presenteado com vocês duas.

Obrigada também meu primo Léo, o maior *citizen of the world* que já vi, com seu incrível conhecimento para viagens e que me mostrou a *pizza al taglio* romana no bairro tradicional de Pinheiros em São Paulo e me contou sobre a diferença da pizza romana para a pizza napolitana sem precisar sair do bairro.

Um obrigada especial a Camila, que revisou esse livro com tanto carinho e dedicação e me fez entender o quanto é difícil escrever para se ler fácil (Ela não revisou essa linha, então os erros de português aqui são por minha conta).

Um agradecimento ao meu amor, Brunodo, que me deu a ideia de transformar esse livro numa série de noivas fujonas e por apoiar tanto esse meu sonho louco de escrever.

Aproveito, antes desse livro ser impresso, para agradecer o carinho de toda equipe da editora Letramento (mineiros como eu), que me deram a chance de ter o meu primeiro livro físico e fizeram esse sonho se tornar realidade.

Por último, mas não menos importante, obrigada a todos os meus leitores pelo carinho e preferência. Isso tudo é pra vocês.

Ciao!

Confira mais livros da série Noivas em Fuga:

EU QUEM ESCOLHO - LIVRO 2
ISTAMBUL, TURQUIA

Após anos fora do país de origem, estudando e formando sua própria empresa de construções, Urania Vouvali precisa se casar com um amigo de infância para conseguir sucesso na aquisição milionária da empresa de seu pai. Durante a preparação do casamento, ela busca maneiras de escapar do dia fatídico, se recusando a render a atração que sente pelo noivo e ao próprio destino.

EU ME LEMBRO - LIVRO 3
PARIS, FRANÇA

Faye Bastarache está noiva quando sofre um acidente que a faz perder a memória, os cabelos e a autoestima. Mesmo sendo uma compositora renomada, ela não consegue tocar piano novamente e nem se lembra de sua própria história. Até o dia de seu casamento, ela irá se esforçar para reencontrar o amor de seu noivo, ou se perder pelo caminho até ele.

- editoraletramento
- editoraletramento.com.br
- editoraletramento
- company/grupoeditorialletramento
- grupoletramento
- contato@editoraletramento.com.br
- editoraletramento

- editoracasadodireito.com.br
- casadodireitoed
- casadodireito
- casadodireito@editoraletramento.com.br